「……なんということを、してくれた……」
「まさか、私の魅了魔法？」

メアリが必死に言い募る中、無言のエドガルドはチョコレートを指で摘む。

「エドガルドさま。ひょっとして食べ物と仰ったのは冗談で、実のところ芸術品なのではありませんか？　それでこんなに美し……んっ⁉」

「いいから」

エドガルドは手を伸ばし、メアリのおとがいを摑んで口を開かせる。

「さっさと食ってみろ、と言っている」

「！」

その上で、そこにチョコレートをころんと放り込ん

メアリ・ミルドレッド・メルヴィル

神殿で育てられ、長年酷使され続けてきた元聖女。神殿を追放された後は、メアリに求婚したエドガルドの「悪女として振る舞え」という契約を張り切って果たそうとしている。しかし世間知らずなため、悪女らしく行動しようとしても聖女のごとく活躍してしまう。

エドガルド・ヴィル・ハンクシュタイン

大国アイゼリオンの第二王子。神託で王位継承権第一位の保持者に選ばれており、魔法が一切効かない体質と冷酷な振る舞いから“呪われた王太子”と畏怖されている。ある事情からメアリと仮初めの婚姻を結ぶが、その際に魅了魔法に掛かってしまう。

だ。

「…………‼」

世界中から集めた幸せが、舌の上で溶け出した。

「んむ、む……!?」

芳醇な香りと共に甘さが広がってゆき、ほんの僅かな苦味が上品なコクを生んでいる。とんでもない口当たりの良さに、メアリは手のひらで口を押さえた。

本当にとろけると思わなくて、ぱちぱちと瞬きを繰り返す。

その素晴らしい味わいが、メアリには信じられない。

(……おいしい……)

ニーナ
Nina
「レデルニア神さま。
どうかあなたの恋しい私のために、
あの男に思い知らせてくださいませ!!」

雇われ悪女なのに、冷酷王子さまを
魅了魔法で篭絡してしまいました。
不本意そうな割には、溺愛がすごい。
著 雨川透子
画 春が野かおる
Written by Touko Amekawa
Illustration by Kaoru Harugano

Contents

プロローグ

Prologue

「……っ、エドガルドさま……！」

抱き締めてくる男を窘《たしな》めるために、メアリは彼の名を呼んだ。

メアリを捕らえて離さない黒髪の男性は、夜会に出ればすべての女性の視線を集めるような美丈夫だ。そんな彼から縋《すが》り付かれても、メアリは甘んじる訳にいかなかった。

体格の良い男の背中に腕を回し、上等な仕立ての上着を握り締める。心臓がばくばくと早鐘を刻むが、絶対にそれを気付かれてはならない。

「し……しっかりなさって！　あなたが抱き締めていらっしゃるのは、聖女のくせに大神殿を追放された、メアリ・ミルドレッド・メルヴィルですよ？」

「……」

「ほら、ね？　いい子ですから、どうか離れて……」

メアリは言い、彼の毛先が跳ねた黒髪を撫《な》でる。

すると、メアリを腕の中に閉じ込めた王子エドガルドは、拗《す》ねた子供のように口にした。

「――嫌だ」

「嫌だ、って……」

少しだけ身を離したエドガルドが、メアリの顔を間近に覗《のぞ》き込む。

強い魔力を帯びた紫の瞳には、淡い紫の髪を持つメアリの姿が映り込んでいた。

「お前は、国をも滅ぼしかねない悪女なんだろう？」

「……っ」

エドガルドの何処《どこ》か甘い声に、どうしても困ってしまう。

「それならば、俺をこのまま篭絡してしまえ」

「ご、ご存知《ぞんじ》でしょう……？　私が悪女をやっているのは、あなたに雇われたからです……！」

「そうだな。だが、俺がこうまでお前に焦がれる羽目になったのは、一体誰の所為《せい》だと思っている」

「そ、それは」

メアリはぎゅっと眉根を寄せ、エドガルドに答えた。

「私の、所為です」

もちろんそれについて自覚はある。メアリの所為で、エドガルドがどれほどの被害を受けているかもだ。

「……私の魅了魔法によって、エドガルドさまが一時的かつ強制的に、私のことを好きになってしまったから……」

「――――……」

「わ……!!」

エドガルドは先ほどよりも更に強く、メアリのことを抱き締め直した。

「……お前が悪い」

「……っ！」

耳元で囁《ささや》く声は意地が悪いのに、何処となく不満げでさびしそうにも聞こえる。

「だから、さっさと諦めろ」

鼓膜を直接揺るがすような声に、メアリはぎゅうっと肩を竦《すく》めた。

「どんな魔法が使われていようと、傾国の悪女だろうとなんだろうと、手離せないのだからどうしようもないだろう」

「ほ、本当にお可哀想《かわいそう》なエドガルドさま……!!」

心の底からそう思う。

なにしろこんな悪女と出会ってしまったばっかりに、うっかり魅了魔法なんかを掛けられて、不本意な溺愛をする羽目になっているのだ。

彼は『雇った悪女』を活用し、目的を果たそうとしているはずなのに、利用すべき悪女に篭絡されていてはいけないに決まっている。

不本意な魔法での恋なんか捨てて、さっさと別の悪女を見付けてくればいい。

(なのに、そんな正論を口に出来ないのは――……)

メアリは途方に暮れながらも、目を閉じた。

1章　雇われの悪女

Chapter 1

「――聖女メアリに断罪を！」

「断罪を！」

「断罪を!!」

大聖堂の審判場でメアリを囲んだ司教たちは、口々にそう声を上げた。

「メアリ・ミルドレッド・メルヴィルは、この大神殿の筆頭聖女という立場を悪用し、各国からの寄付金を着服したのだ！　なんとおぞましい……」

「人々を救うための力に溺れ、民のために使うべき財で私腹を肥やすとは醜悪な！」

老人たちに罵《ののし》られる中、メアリは悲嘆に暮れた表情を作り、そこに立っている。

ふわふわした薄紫の髪に、桃色の瞳を持つメアリの姿は、筆頭聖女の響きにふさわしい美しさだと賞賛されることも多かった。

しかし、いくら美貌や類稀《たぐいまれ》なる力を持っていても、権力者たちに疎《うと》まれればそれでお終《しま》いなのだ。

「司教さま……」

メアリは悲しげな表情で、司教たちに告げた。

その悲しみが見せ掛けだけであるなど、誰も思いはしないだろう。メアリはそれを十分に分かった上で、丁寧に述べる。

「私は、そのような罪は犯しておりません」

この場にいる全員が、本当はそれを知っていた。

なにしろ私腹を肥やしているのは、メアリを取り囲む司教たちだからだ。

彼らは全てを仕組み、この聖女メアリに冤罪《えんざい》を被《かぶ》せることで、各国から向けられた疑いを清算しようとしているのだった。

「聖女のお役目は、世界の繁栄を祈ること。その祈りが神に届くことで、祝福を賜《たまわ》った地がより一層豊かになるのが理《ことわり》です」

そう訴えるメアリの体は、傍目《はため》から見ても分かるほどに震えている。

けれど、その震えが恐怖や悔しさとは別の感情から来ていることを、司教たちに見抜けるはずもなかった。

「私は生まれてから十六年間ずっと、この大神殿で筆頭聖女として育てられました。誇りを持って務めを果たして来たというのに、罪に手を染めるはずなどありません……！」

すると司教たちは、再びメアリを糾弾し始めるのだ。

「だからこそそれを繰り返すうちに、己が特別な存在とでも錯覚したのだろう？」

「その年にどの国がどれだけ豊作になるかは聖女次第。海や大地の実りも疫病の廃《すた》りも、その祈りひとつでいかようにも左右できるのだからな」

「強大な力を欲する大国ほどその恩恵を望み、浅ましくも多額の金を積むのだ。お前は、それが自分自身の価値とでも思い上がったのだろう！」

浴びせられる言葉に、メアリはますます俯《うつむ》いてみた。

周りにはきっと、メアリが怯《おび》えて竦《すく》み上がり、何も反論出来なくなっているように見えるはずだ。そのとき大聖堂の扉が開き、金色の髪を持つ青年が現れる。

「メアリ」

「……クリフォード殿下……」

歩み出たのは、聖国レデルニアの王太子であり、メアリの婚約者でもある青年だった。

「殿下！　お待ちしておりました。さあ、この者に最後の審判を」

「……メアリ、私は……」

目を潤ませて震えるメアリを見て、クリフォードは沈痛な面持ちになる。しかし、メアリを助けるための行動を取る訳ではなく、僅かな葛藤《かっとう》を見せただけだ。

やがてクリフォードは、静かな声音でこう告げた。

「メアリ・ミルドレッド・メルヴィル。……君との婚約を、破棄する」

「……っ」

その言葉にくちびるが震えたのは、メアリにとって演技ではない。

けれどもそれを隠し、泣きそうなのを堪《こら》えるかのような表情を作ったあと、ドレスの裾を摘《つま》んで頭を下げた。

「承知いたしました。殿下」

美しい所作で受け入れたメアリを見て、クリフォードはぐっと両手を握り締める。

「……メアリ。罪人からは聖女の名を剥奪し、この大神殿に居住する資格も抹消するのが定めだ。君はこの裁判が終わり次第、大神殿には居られない身となる……」

「だが、我らの慈悲に感謝するがよい」

司教が一歩歩み出て、メアリに恩着せがましく言った。

「一度でも聖女の資格を得たものは、罪人であろうと処刑してはならない掟《おきて》がある。それを免れたとしても、着のみ着のまま追放され、野垂れ死ぬのが通例だが……今回は、お前の身柄を引き受けてもいいという者が現れた」

その言葉に、メアリは驚いて目を丸くする。

「一体どなたなのですか？」

「黙れ。お前に尋ねる権利はない」

恐らくは、筆頭聖女の力を得たい何処《どこ》かの国に、大金でメアリを売りつけたのだろう。

メアリはきゅっとくちびるを結んだあと、俯いてから懇願した。

「……せめて一度、部屋に戻って荷造りをさせてください。身元引き受け人のお方に、みすぼらしい格好で会いたくはありませんから」

「ふん。いいだろう」

「この地で聖女として務め、人々の助けになれていたことは私の誇りでした。――さようなら、皆さま」

「メアリ……」

クリフォードが罪悪感に駆られた顔で、小さくメアリのことを呼ぶ。

彼はきっと、知るよしもないだろう。

魔術師たちに見張られながら廊下を歩き、窮屈な自室に戻ったメアリが、どんな反応をしたのかを。

「……った……」

自室でひとりになったメアリは、大きくぴょんと跳ねてこう叫んだ。

「～～～……っ、やったあ……!!」

両手を掲げて、ぴょんぴょんと何度も飛び上がる。聖女だった時なら『はしたない』と咎《とが》められたはずの行為でも、今ならば誰にも叱られないのだ。

「悲しそうな演技で乗り切れたわ！　途中笑ってしまいそうになって、何度も体が震えたけれど！　結果が良ければ全て良しだと、前に読んだ本に書いてあったもの！」

メアリの中ではこんな喜びが、いっぱいに胸を満たしていた。

「――これで私！　規律に縛られた筆頭聖女としての生き方から解放されて、自由になれるのね――――っっ!?」

この幸福を噛《か》み締めていたら、震えも起こるというものだ。

晴れて『元』の冠がついた筆頭聖女メアリには、今回の追放騒動は、願ってもないほどの出来事だったのである。

「私は自由！　これで自由！　ううっ、嬉《うれ》しい……!!」

その喜びを胸に、思わずその場でくるくると回ってしまう。

「神殿の監視さえなくなれば、たとえ誰に買われたのだとしても逃げ出せるわ！　そうすれば分刻みで決められた予定に沿って動かなくてもいいし、神殿関係者以外と話しても怒られない！　休憩どころか休日だって確保できる可能性はあるし、体が温まるまでお風呂にも浸《つ》かれるかもしれないのね!?　ひょっとして、眠る前にアイスクリームを食べるのだって許されるんじゃないかしら……！」

　長年夢見てきたことが実現しそうで、そのことを想像するだけでも心が躍った。

「寄付金を積んだ国『だけ』の豊穣《ほうじょう》を、毎日倒れるまで祈る必要もなければ、『お給金という概念があるお仕事』も探せる！　今後は働いた分の報酬がもらえるようになるかもしれないということ……？　わああ。そんな夢のようなお仕事、すぐに見付かるかしら……!?」

　クリフォードは予想すらしていないはずだ。

　お互いが生まれて十六年間、ずっと婚約者の関係だったとはいえ、クリフォードは聖女としてのメアリしか見ていない。

　けれども本当のメアリは、恐らくクリフォードが想像していた以上に、聖女を辞めたいと願っていた。

（物心ついてから十六歳までの間、ずっと神殿に縛られていたわ。……けれど）

　よく磨かれた大神殿の壁には、自身の顔が映り込んでいる。

「筆頭聖女としての生き方は、もうしない」

　自分への誓いの意味も込め、メアリは笑って口にした。

「――これからは、悪女として生きてみせましょう」

想像も付かない未来に胸が躍る。

全身全霊で我《わ》が儘《まま》に、どこまでもあくどく。そんな生き方を自分で選び、誇りを持つのだ。

（それはそれとして、誰かに売り飛ばされた身の上なのだものね。悪女として司教に追放された聖女を買おうだなんて、ろくでもない人の予感しかしないわ）

そもそもが、建前では『規律によって殺せないから追放する』とされていても、あの司教たちが黙って逃してくれるだろうか。

メアリを買ったという人もグルで、移動先でそのまま殺されてもおかしくない。

（その人と神殿での売買に、私が素直についていくと危ないかも？　でも、逃げ出してすぐに自分ひとりで生きていく手段は見付けられないわ。生きていくにはまず労働って、いつだったか本で読んだもの！）

考えていると、廊下から扉をノックされる。メアリがきちんと荷造りしているか、魔術師が外から窺《うかが》っているのだろう。

（……魅了魔法で司教たちも、護送の魔術師も私を買った人も全員魅了して、言うことを聞いてもらおうかしら。悪女らしく！）

そう閃《ひらめ》いて、メアリはふわりと魅了魔法を発動させた。メアリの瞳の桃色が、いつもより少しだけ赤色を帯びる。

この状態のメアリと目が合うと、対象者はメアリに強く恋焦がれ、虜《とりこ》になってくれるのだ。

（でも、ちょっと待って。魅了魔法は、使い勝手の良い魔法に見えるとはいえ……）

『強い恋心』が相手の行動にさまざまな影響を及ぼすため、出来れば避けたい手段だった。

（やっぱりやめておいた方がいいわね。自分に恋をする人が、自分にとって無害な人とは限らないわ。下手に執着されても大変だし……あら？）

　メアリが思考を中断したのは、いつのまにか自身の足元に、魔法陣が現れていたからだ。

「転移の魔法陣!?」

　まさかもう迎えが来たのだろうか。だが、それにしたってこれはおかしい。

「神殿内の転移魔法は結界に阻まれるはずなのに、どうし――きゃあ!!」

　転移の陣が発動し、メアリは悲鳴ごと飛ばされる。荷造りをする時間どころか、魅了魔法を解除する暇もない。

　こうしてメアリは、十六年間過ごしてきた大神殿を追放され、呆気《あっけ》なく去ることになったのだった。


　ぱちりと瞬《まばた》きをしたメアリは、ふかふかした寝台の上にいた。

「お目覚めですか？　メアリさま」

「ここは……」

辺りを見回せば、そこは広くて豪奢《ごうしゃ》な部屋だ。

大理石の床に壁、天井から吊《つ》るされたシャンデリアと、大神殿でも司教たちの執務室などでしか見たことのない造りだった。

とはいえこの部屋にある調度品は、天蓋付きの寝台だけだ。メアリはその上にぺたんと座り、向かいに立っている少年を見つめる。

「突然お呼び立てしてごめんなさい。それから、我があるじが大変な失礼を」

「──あなた、魔力で出来た使い魔さん？」

「！」

メアリが確かめると、肌も髪も全部が真っ白な少年は、目を丸くしたあとに微笑《ほほえ》んだ。

「触れてもいないのに使い魔だと見抜くだなんて、メアリさまが初めてです」

「感覚で分かるのもそうだけれど……何よりあなたには、いま発動させている魅了魔法が効いていなさそうだもの」

いまのメアリは、先ほど大神殿で試しに使ってみた魅了魔法を発動させている。

そんなメアリと目を合わせても、なんら様子が変わらないのは、彼が人間ではないからだ。

「使い魔なら、ご主人さまの命令で動いただけでしょう？　だったらあなたに罪は無いわ。だから、謝ったりしなくて大丈夫」

「ふふ。……使い魔を気遣うなんて、奇妙なお方ですね」

少年はくすくすと肩を揺らしたあと、改めてメアリに告げた。

「メアリさま。我があるじは、小国の国家予算一年分の金額であなたを買いました」

「こ、国家予算！」

思わぬ金額を告げられて、メアリは目を丸くする。

果たしてメアリを買ったのは、一体どんな人物なのだろうか。

具体的な数字は分からないものの、それがとんでもない金額だということは察せられる。

「……聖女を雇おうという考えに至るなら、土地の豊穣を祈る立場の人かしら。あなたのご主人さまは、何処かの国の要人？」

「ええ、仰《おっしゃ》る通りです」

（あの司教たちのことだもの。私を売り付けるにしても、自分たちの悪事を暴露されないように、事前に私の信頼を地に堕《お》とすような触れ込みをしたはずだわ。そんな罪人に大金を払うだなんて、よっぽど訳有りなのね）

けれどもメアリには、言っておかなくてはならないことがある。

「あのね、使い魔さん。私、もう聖女としてのお勤めは果たさないって決めているの。あなたのご主人さまと司教さまとのあいだにどんな取り引きがあったとしても、私はきっと従わないと思うわ。ごめんなさい」

こんな発言をしてしまうと、何か折檻《せっかん》でもされるかもしれない。しかし、少年はにこりと笑った。

「よろしければ、お話だけでも聞いていただけませんか？　我があるじがメアリさまを買い求めたのは、聖女の力を欲したからではないのです」

「……？」

だとすれば、一体メアリの何処に価値があるというのだろうか。

「使い魔さんのご主人さま、お名前は？」

「はい。我があるじは、エドガルド・ヴィル・ハンクシュタインさまです」

「――……」

その名前には、長らく大神殿から出してもらえずに暮らしていたメアリでも、さすがに聞き覚えがあった。

「それってまさか……」

真っ白な使い魔の少年は、再びにこりと笑う。

「失礼だったらごめんなさい。使い魔さん、あなたに触ってもいいかしら……」

「ええ、どうぞ」

メアリは不躾《ぶしつけ》さを申し訳なく思いつつも、真っ白な使い魔の少年に触れた。彼の主君は、どうやらこういった行為は禁じていないようだ。

（使い魔を攻撃された場合、術者にも影響が出るはずなのに。使い魔に身を守らせていないという時点で、強力な術者だとすぐ分かるわ）

少年に込められた魔力を利用し、その主君のもとへと辿《たど》る。

それからメアリは、少年の肩に置いているのとは別の手で、目の前に水鏡を浮かび上がらせた。

少年は、表情から微笑みを消して呟《つぶや》く。

「……本当にすごいですね。あるじは他者からの監視を嫌って、こういった魔法を防ぐような結界を張っているはずなのですが」

「しー……。この魔法、向こうからこちらの様子は分からないものだけれど、念のため静かに……」

メアリが少年を制すると同時に、水鏡にはひとりの人物が映し出された。

（――……！）

そこに居たのは、黒い髪に神秘的な紫の瞳を持つ、冷たくて美しい顔立ちの青年だ。怜悧《れいり》な雰囲気から大人びて見えるが、年齢はおおよそ十八歳前後といったところだろうか。

大きな椅子に掛けたその青年は、気怠《けだる》げに脚を組んで座った姿勢でも、長身であることがよく分かった。

鍛えられているその体を、上等な仕立ての軍服が包んでいる。細部に施された控えめな装飾に反して、いくつも連なった勲章が物々しい。

青年の前には、さらに別の男が跪《ひざまず》いていた。

　黒髪の青年は、長い睫毛《まつげ》に縁取られた目を物憂げに伏せる。

　そんな僅かな仕草で、彼を水鏡越しに見ているだけのメアリですら、ぞくりと背が凍るほどの緊張感を抱いた。

『……愚者の言葉を聞く気は無い』

　低い声がそう紡ぐと、跪いた男が身を竦ませる。

『貴様は、俺の命令に逆らおうとしたな』

『も、申し訳……』

『そればかりか、自らの身の程も弁《わきま》えずに進言しようなどとは』

『申し訳ございません、エドガルド殿下……！』

　そのやりとりに、メアリはこくりと喉を鳴らす。

（とんでもなく冷たい空気を帯びたお方。……噂《うわさ》で聞いたことがあるわ、この殿方が……）

　ゆっくりと立ち上がった黒髪の青年に対し、怯えた声が懇願した。

『お許し下さい、命だけは……!!』

（――あれがエドガルド・ヴィル・ハンクシュタイン殿下。大国アイゼリオンの王太子さま……!!）

　エドガルドが手を翳《かざ》すと、呼応した雷光が迸《ほとばし》る。

『もう黙れ』

『ぐう……!!』

雷光は、跪いた男の背中を貫いた。

男は短い呻《うめ》き声を上げると、その場にがくりと項垂《うなだ》れる。死んではいないようだが、あんな魔法を食らっては、ひとたまりもないだろう。

『殿下！』

『この男を放り出せ。二度と俺の目に触れない場所にな』

『っ、は……！』

臣下らしき男が、エドガルドに向かって頭を下げる。水鏡からそれを見ていたメアリは、全身が真っ白な色の少年に尋ねた。

「……あなたのご主人さまが私を買ったのは、聖女の力を欲したからではないのよね？」

「ええ。仰る通りです」

「だけど不思議。聖女の力以外に、一体何を望むというのかしら」

「――アイゼリオンの『呪われた王太子』、エドガルドさまが」

真っ白な使い魔の少年に、メアリは重ねて問い掛ける。

「……」

水鏡に映ったその王子のことは、大神殿からほとんど出ることのなかったメアリだって聞き及んでいる。

エドガルド・ヴィル・ハンクシュタインは、たくさんのものを持っているのだそうだ。

世界で最も大きく強い国の、王太子という身分。

強い魔力とそれを使いこなす才能、明晰《めいせき》な頭脳。

魔法の腕前ばかりではなく、武術にも秀《ひい》でた身体と、大層麗しい顔立ち。その上、彼には強力な特性が備わっていた。

『アイゼリオンの王太子エドガルドには、強力な呪いが掛けられている』

司教たちがそんな風に話していたのを、メアリもかつて聞いたことがある。

(……彼には、他者からの一切の魔法が効かない。攻撃魔法も精神操作も、治癒の魔法ですら……)

それは、エドガルドが呪われているからなのだという。

使い魔の少年は、主君の目的をメアリに告げた。

「我があるじは、聖女としてのメアリさまを求めているのではありません。あの方がご所望なのは」

『「悪女」としての貴殿だ。――メアリ・ミルドレッド・メルヴィル』

「!」

水鏡から声がして、メアリは目を丸くした。

誰の声かは考えるまでもない。その冷ややかで鋭い双眸《そうぼう》が、鏡の中からこちらを睨《にら》み付けている。

「すごいわ。まさか、監視魔法に勘付かれるなんて」

この魔法は、見られている側からは察知されないようになっているのだ。いまだって彼の方には、メアリの姿などは見えていないはずだった。

それでも怜悧な紫の目は、真《ま》っ直《す》ぐにメアリを見据えている。挙句にメアリたちの声まで聞こえているのだろう。これは恐らく、メアリの魔力を感知した上で、それを遡ってこちらに繋《つな》いでいるのだ。

『単刀直入に告げる。貴殿に金を積んだのは、俺と仮初めの婚姻を結ばせるためだ』

「婚姻……？」

それも、仮初めの。

思いも寄らない言葉を告げられて、思わず鸚鵡《おうむ》返しにしてしまった。

『夜伽《よとぎ》の類は一切行わないものとし、そのあいだの衣食住は保障する。贅沢《ぜいたく》をして過ごしたいのであれば、宝飾だろうが絵画だろうが好きなものを買い漁《あさ》れ』

「まあ」

『貴殿がつつがなく「悪女」を勧め上げ、その効果が十分に発揮されたと確認できれば、以降は自由にすればいい。一生遊んで暮らせる程度の手切れ金を渡した上で、後腐れなく離縁してやろう』

「手切れ金！」

水鏡越しに聞くエドガルドの要望に、メアリはぱちぱちと瞬《まばた》きを繰り返した。

『神殿を追放された元聖女には、この上ない話だろう？』

「ご主人さま。一度にそうやってお伝えしても、メアリさまを怖がらせてしまうだけでは」

使い魔の少年が困ったように言うが、エドガルドに構う様子はない。メアリはゆっくりとくちびるを開き、慎重に言葉を選びながら彼に尋ねる。

「エドガルドさま。あなたは神殿に巨額を払い、私の身請けをなさったのでしょう？　そのような条件を出して下さらなくとも、私に拒否権を与える気などは無いはず」

『金で買えるのは身柄だけだ。だが、その後の振る舞いまで俺の望む通りでなければ、貴殿を娶《めと》る意味がない』

エドガルドは、その美しい形をした双眸を僅かに伏せた。

『俺の妃《きさき》となり、悪女として振る舞え』

影が燻《くすぶ》ったような紫の瞳が、ますます冷たい雰囲気を帯びる。

『——国ひとつ滅ぼしかねないと、神すら危惧するような悪女を所望する』

「…………」

その言葉に、メアリは僅かに息を呑《の》んだ。

「……メアリさま、申し訳ございません。我があるじは……」

「エドガルドさま」

使い魔の少年を遮って、メアリは水鏡を見詰める。

「私を追放したことで、神殿は今後これまでのような運営が成り立たなくなります。すると神殿は各国に向けて、今以上の悪評と責任を私に押し付けるでしょう」

火を見るよりも明らかな事実と共に、メアリは尋ねた。

「あなたさまはそれを見越し、これからますます『悪女』として名が知れる私に着目なさった。この考えは正解ですか？」

『……理解が早く、結構なことだ』

「あなたさまが私に望むことは、その悪女の名にふさわしい振る舞い。私は贅沢な暮らしが保障され、役割が終わったあとにも報酬をいただけるとのことですが……」

メアリは真剣に考えて、導き出された結論を口にした。


「――それは、私を悪女として雇ってくださるということでしょうか!?」

『…………は？』


これまで表情の変わらなかったエドガルドが、そこで初めて渋面を作る。

『……お前は、一体何を』

「私、本で学んだことがあるのです！　これはいわゆる『三食まかない付き、住み込みの職場』というものですよね？　しかも、夢の退職金まで出るという……！」

『…………』

「憧れていたのです、報酬の出るお仕事というものに！　これまでは自分の自由になるお金が無くて、室内着の一着、お勤めの時に髪を結う紐《ひも》一本を買うにも神殿からお金をいただかなくてはならなかったので！　大量の申請書類を書くだけで、寝る時間も無くなるほどでしたし」

　神殿から自由になり、自分を買った人から逃げ出したとしても、なかなかそんな仕事は見付からないと覚悟していた。

　それがまさか、こんな好条件の待遇で置いてくれるところが見付かるとは。

「ちょうど私、これから立派な悪女を目指そうと思っていたのです。よかったあ、お互いにお互いがぴったりでしたね！」

『お前は、何を……』

「エドガルドさまからのその雇用、お受けいたします。立派に勤め上げられるよう、頑張りますので」

　メアリは微笑み、水鏡に映ったエドガルドに向き合う。

「悪女として、あなたの妃になりますね」

『――……』

　こちらを睨み付けるエドガルドに、メアリははっとした。

「あまりにも自然に視線が来るから忘れていました。エドガルドさまには、私の姿が見えていないのですよね？」

『……魔力の揺らぎで位置は分かる。それよりお前、自分が何を承諾したかの自覚はあるのか？』

「はいもちろん。ですが、雇用契約のお話を進めるにあたって、いつまでもエドガルドさまから私の顔すら見えないのはよくありません」

メアリはわしっと水鏡を掴《つか》む。こちらが見えないエドガルドの代わりに、使い魔の少年が声を上げた。

「メアリさま!?　あの、一体何を」

「エドガルドさまに、ご挨拶させていただかないと。本で読んだの！　初めての職場で上司と話すときは、上司のところに部下が出向いて行くのが基本だって」

『……？』

メアリは水鏡に魔力を注ぐ。水鏡は膨大な力を漲《みなぎ》らせ、強い輝きを放った。

「よいしょ」

ドレスの裾をたくしあげ、大きく広げた水鏡のふちに足を掛ける。

『おい待て。この魔力の揺らぎ方は、まさか……』

「少し離れていてください、エドガルドさま！」

『……っ!?』

そう告げて、メアリは水鏡の中に飛び込んだ。

結界らしきものの強力な抵抗を浴びるものの、これくらいなら抜けられる。迸る雷光を全身に纏《まと》い、真っ暗な空間を通過したと思ったら、次の瞬間には大理石の広間に切り替わっていた。

落下するメアリの真下には、先ほど水鏡越しに見た黒髪の男が居る。

（まあ、本当に美青年）

「――――……」

いきなり空中、それも頭上に現れたメアリに対し、エドガルドの反応は早い。

彼はメアリを抱き留めたかと思うと、瞬時に両手首をまとめて掴み、覆い被さるようにして床に押し倒した。

「きゃ……っ」

「……お前は」

衝撃でぎゅっと目を瞑《つむ》ったメアリの顎を、エドガルドの手が掴む。なんとなく意外なことに、その手は思いのほか温かい。

（あら？　そういえば）

メアリは目を閉じたまま、ふと思い出した。

「確かに大した魔力量だ。俺と同等の魔力を持つ人間は、初めて見た」

（忘れていたけれど、私。さっきの魅了魔法を発動させたままではないかしら……）

魅了の効かない使い魔の少年や、水鏡越しでのエドガルドと話していた所為《せい》で忘れていた。

（あ！　だけど影響は無いのよね。エドガルドさまは『他者の魔法が一切効かない、呪わ

れた王太子さま』だもの）

「だが、あまり勝手な真似《まね》をするな。今後は俺に無断で近付くことや、水鏡などを使った俺の監視は禁ずる」

（それはつまり、魅了魔法も効かないということ）

メアリに覆い被さったエドガルドは、これまでより一層低い声で言う。

「理解したか？」

「……はい。エドガルドさま」

雇用主と話をするのならば、きちんと相手の顔を見るべきだろう。

そう判断したメアリは、ゆっくりとその目を開いてゆく。紫色の睫毛がふるりと揺れて、桃色の瞳がエドガルドを見上げた。

「――――……」

その瞬間、ぱちん！　と何かが弾《はじ》けたかのように、エドガルドが僅かに目を見開いた。

メアリを見下ろすエドガルドは、言葉を失ったように黙り込んでいる。

（近くで見ても、やっぱり綺麗《きれい》）

その黒髪も、紫の瞳も顔立ちも美しい。メアリの手首を掴む右手も、いったん顔の横に突かれた左手も、彫刻のような造形をしている。

「エドガルドさま……？」

大理石の床に押し倒されたメアリは、夫となるらしき美丈夫を見上げて首を傾《かし》げた。

「——お前、いま俺に何をした？」

「え？」

形のいい眉が歪《ゆが》められて、忌々《いまいま》しそうにメアリを睨む。

「何か魔法を使っただろう。……精神操作、いいや精神支配。それに類するような、おぞましい魔法を」

「……それは……」

「お前の魔法が、何故《なぜ》俺に通用している……？」

それを聞いて、メアリはさっと青褪《あおざ》めた。

「まさか、私の魅了魔法？」

「……っ、どういうことだ……」

メアリの手首を摑んだ指に、なんだか切実な力が込められた。

「お前を見ると目が眩《くら》む。その声を、いつまでも聴いていたいと感じる」

「え……え？」

「……強く抱き寄せて、そのまま二度と離してやるものかという欲求が湧く。……ああ、くそ……！」

心底厭《いと》わしげな舌打ちのあと、エドガルドは苦しそうに目を細め、メアリを見詰めるのだ。

「——こうして触れているはずなのに、尚《なお》もお前が恋しい」

「……っ!!」

その瞬間、メアリの心臓もどきりと軋《きし》む。

誰かにそんな言葉を掛けられたことは、もちろん一度もありはしない。魔法の所為だと分かっていても、それは奇妙な感覚だった。

「正真正銘の、この悪女め」

上に覆い被さっていたエドガルドが身を屈《かが》め、メアリの隣の床にごつりと額を押し付ける。そしてメアリの耳元で、掠《かす》れた声が告げた。

「……なんということを、してくれた……」

(た…………っ)

大変なことになってしまった。

こうしてメアリは、どうしてか魅了魔法の効いてしまった『呪われた王太子』のために、悪女としての妃を務めることになったのである。

2章　強欲の悪女

Chapter 2

西大陸で随一の大国アイゼリオンには、ふたりの王子がいる。

第一王子は銀髪に赤の瞳を持つ、民に愛される兄王子。

そして第二王子は黒髪に紫の瞳を持つ、呪われた弟王子だ。

その第二王子エドガルドは優秀だが、人々には恐れられていた。何故《なぜ》ならば彼には、『神からの贈り物』とされる魔法が通用しないからである。

(通用しない、はずなのだけれど……)

ふかふかの椅子にちょんと座ったメアリは、心底から気まずい気持ちで、向かいに座っているエドガルドを見遣《みや》った。

「――つまり、お前は神殿の連中や俺から逃げる手段として、魅了魔法を常時発動させていたということなんだな?」

(すっごく嫌そうなお顔だわ……)

深い溜《た》め息をついたエドガルドが、大きな手で彼自身の顔を覆う。メアリは申し訳なく思いつつ、エドガルドの前に手を翳《かざ》した。

「先ほどから、何度も状態異常の解呪魔法を使ってみてはいるものの……」

ふわりと広がった光の魔法陣は、エドガルドに触れた瞬間に、ぱちんと音を立てて霧散する。

「本当に、エドガルドさまには弾《はじ》かれてしまうのですね」

聖女の役目のひとつとして、心身に異常をきたす魔法の解呪は何度も試したことがあった。だが、これも通用しないらしい。

「試しに魔法陣を介してではなく、御身に直接触れて魔力を流しますか？　そうすればより効き目が強いので、効果が出る可能性もあるかもしれません」

　メアリが尋ねると、エドガルドにじろりと睨《にら》まれた。

「……断る」

「ですが」

「どうせ無意味だ。お前の魅了魔法が通用したのが異常なだけで、本来俺に他者の魔法は作用しない。それに」

　エドガルドは眉間《みけん》の皺《しわ》を深くして、低い声で言う。

「……いまお前に触れると、また離してやれなくなるぞ」

「そ、それは一大事ですね……！」

　エドガルドの瞳をよく見ると、何処《どこ》か切実な感情を堪《こら》えるような、鋭い光を宿していた。

　先ほども、メアリの上に覆い被《かぶ》さったエドガルドの下から逃れ出るのは大変だったのだ。

　そのときのことを思い出しつつ、メアリはエドガルドを眺めた。

（魅了魔法の不可抗力で恋なんかさせられて、この人ほんとうにお可哀想《かわいそう》……）

「やめろ。諸悪の根源が同情の目を向けるな」

「ごめんなさい！」

　メアリは慌てて彼に詫《わ》びつつ、状況の分析を再開する。

「エドガルドさまには他者の魔法は効かない。これは大前提として、魅了魔法だけは効いてしまうということなのでしょうか？」

「違う。これまでも、俺の妃《きさき》の座を狙って小細工をしてきた女は多勢いた。魅了魔法など浴びるほど受けてきたが、そのどれもが無効力に終わっている」

「では、エドガルドさまに通用するのは私の使った魅了魔法だけということになるのですね」

　これは一体どういうことなのだろうか。首を捻《ひね》っていると、エドガルドはじとりとメアリのことを見据えた。

「……俺に掛けられた魅了魔法の分析よりも、お前にとって気掛かりなことは他に無いのか？」

「と言いますと？」

　メアリが瞬《まばた》きをすると、エドガルドはますます険しい顔になった。

「いきなり身柄を買われた末、妃となって悪女を演じろなどと命じられているんだぞ。その意図を探ったり、そもそも身の危険を感じたりするのが妥当だろう」

「エドガルドさまのお言葉で、意図については想像がつきました」

　まったく心配をしていなかったので、メアリはけろりとして答える。エドガルドはそれを受けて、こちらを探るように目を眇《すが》めた。

「エドガルドさまは、『国をひとつ滅ぼしかねないと、神すら危惧するような悪女』をご所望。これはつまり『悪女』を妃に迎えることによって、王位継承権を手放したいのでしょう？」

「………」

「国々の王は、神によって選ばれます。そこには民の意思も、前王の意思も、本人の意思すら関係ありませんから」

　この世界では、各国の王城に設けられた聖堂に神託が下る。

神託が下るのは、王族の血を引く王子が生まれた際と、その国の現王が亡くなった際だ。男児が生まれる度、どの王子が次期国王にふさわしいかの神託があり、王太子はそれによって定められる。

　たとえば一度王太子に選ばれた男児がいても、次に生まれてきた弟に素養があると神が判断すれば、『弟を王太子に』との神託が下されるのだった。

　そして、エドガルドこそが神の信託により、兄を差し置いて選ばれた世継ぎだ。

「王位継承権第一位の王太子は、神託によって決まるもの。ですが、この時点ではまだ、その王太子殿下が必ず次期国王になるとは限らないのですよね？　正式な次期王はその国の現王が亡くなった際に、そこで改めて下される信託によって決められる……」

　メアリは紫の瞳を見据える。

「あなたさまの目的は、この『国王を決める神託』において、ご自身の王位継承権を剥奪されること。——つまりは兄君を次期国王にし、ご自身はその座から退くことなのでは？」

「……」

（やっぱり、この予想は当たっていそうだわ）

エドガルドの沈黙は、肯定だった。

無表情のまま目を細め、メアリを見遣るその様子からは、特段その目的を隠すつもりもないさまが見受けられる。

「エドガルドさまは何らかの理由によって、王位を継ぎたくないのですね？　しかし、兄君をアイゼリオンの王にしたくとも、それは神の神託によってしか決められないことです」

エドガルドは噂《うわさ》によると優秀だ。けれども、彼こそが次期国王だと称賛する声は少ないらしい。

他者からの魔法が通用しないエドガルドの体質は、いくら彼自身が魔法に長《た》けていようとも、『神からの贈り物』を受け取る資格がない人間なのだと解釈されてしまうのだ。

アイゼリオンの人々はそれを『呪い』だと恐れ、兄王子を次期国王にと望んでいるという。

そしてそれは、恐らくエドガルド自身の望みでもあるのだろう。

「王の素質のひとつには、どのような伴侶を得ているかというものがあります。王妃は未来の国母《こくも》になるのですから、神託においては妃も審判されるはず……」

するとエドガルドは、少々苦い顔で認めた。

「歴代の傾向からも、その可能性が高いとみている。たとえどれほど能力がある王太子でも、ろくでもない女を妻に迎えた者は、神託による王の任命から外されやすい」

「だからエドガルドさまは、妃に悪女をお望みである、と」

「神とやらが王妃に望ましいと判断するのは、恐らくは『貞淑な妻』だ。……まるで、聖女のように」

「うーんなるほど……」

神の判断基準というものは分かりやすい。聖女だったメアリは神殿でも、同じように『淑《しと》やかで慎ましい女性であれ』と命じられた。

司教たちから遣わされた躾《しつけ》係の女性たちは、それは厳しくメアリを教育したのである。

「——俺は、王などにはならない」

エドガルドは、なんとなくぽつりとした声でそう呟《つぶや》いた。

「そのためならば、多少の苦労など厭《いと》うものか。神殿を追放された元聖女だろうとなんだろうと、妃にする」

「神が許さない妃の条件としては、確かにこの上ないかもしれませんねえ……」

「……だが」

エドガルドは額を押さえると、大きな大きな溜め息をつく。

「……よりにもよって、どうして魅了魔法なんだ……」

「…………」

心から可哀想だった。

だってメアリは、エドガルドの噂を他にも知っている。

（アイゼリオンの王太子エドガルドさまといえば、冷酷で有名なお方だもの。他者を寄せ付けず、興味も示さないと言われていたわ。本来なら、出会ってすぐの人間に恋愛感情を抱かされるなんて、有り得ないことのはずなのに）

メアリにとってエドガルドは契約結婚の夫であり、つまりは雇い主ということになる。優秀な働き手というものは、雇い主にどんどん意見を出し、よりよい仕事を目指すものだと本に書いてあった。

そうであれば、出来る提案はあるはずだ。

「本当に申し訳ありませんでした、エドガルドさま。ですがこうなればいっそ、この状況を逆手に取ってみるのはいかがでしょう……？」

「……」

メアリは立ち上がって、椅子に座ったエドガルドの顔を覗《のぞ》き込む。

「神託を免《まぬが》れるために悪女を娶《めと》るなら、契約結婚にも真実味がある方が良いはず！　歴史に名高い悪女の陰には、必ず時の権力者の寵愛《ちょうあい》があるではありませんか」

国を傾けて存続を危うくするほどの女、いわゆる『傾国の悪女』についても、何度も本で読んだことがあった。

「ですから、ね？　エドガルドさま」

「……」

「エドガルドさまが私にめろめろになってくだされば、神への説得力が増すというもの！　私には婚約者がいましたが、そのお方とはそれほど親しい接し方をしてきた訳ではありませんので、エドガルドさまの妻として上手《うま》く出来るか分からなかったのです。ですから」

メアリは微笑《ほほえ》んで、じっとエドガルドの瞳を見詰める。

「……どうかこのまま、私に焦がれていて下さいませんか……？」

「…………」

その方が、『悪女』としての仕事を遂行できる可能性も上がる。

真剣な気持ちでそう請うと、彼はぐっと顔を顰《しか》めた。

「あ、とはいえエドガルドさま。もしかして既に、魅了魔法の効果は薄れ始めているのでは？」

「……何故そう思う」

「先ほどからのご様子を見ていると、無表情で私に素っ気なくいらっしゃるので。このお部屋に来た当初は何処か苦しげなご様子でしたが、きっと現時点では、そこまで私にめろめろでは無いのかなあと」

「…………っ」

「エドガルドさま……？」

首を傾《かし》げると、エドガルドは小さな舌打ちをした。

そのあとに、目の前にいるメアリの手首を掴《つか》んで呟く。

「うるさい」

「わあ」

ぐっと強引に引き寄せられて、メアリはバランスを崩してしまった。

そうなると、椅子に座ったエドガルドの膝に乗る形で彼の胸へと倒れ込むことになる。

「っ、エドガルドさま……!?」

「……軽率に、何度も俺の名前を口にしやがって……」

なんだか少々お口が悪い。そのままぎゅうっと抱き込まれたが、そこには先ほどまでの苦しそうな様子が滲《にじ》んでいる。

(それどころか、ますますお声が熱っぽくなったような……!?)

密着するような形で抱き締められて、緊張したメアリの頬が火照った。

生まれたときから神殿に預けられ、物心ついてからあまり他人との交流を許されなかったメアリは、男性どころか人間と触れ合った経験が乏しい。

「言っただろうが。触れればまた離してやれなくなる、と」

「あわわ、え、エドガルドさま!」

誰かに抱き締められたとき、普通はそれにどう応えればいいのだろうか。

分からずにただ心臓をどきどきと跳ねさせていると、大きな手がメアリのふわふわした紫の髪を撫《な》でる。

愛《いと》おしそうに、大切そうにメアリに触れながら、エドガルドは耳元で囁《ささや》いた。

「――これでも、必死に耐えている」

「……っ」


その声音を聞き、メアリも十分に納得する。

（お、お可哀想……！）

エドガルドはどうやら、本当にメアリにめろめろらしい。

こくりと息を呑《の》みつつも、メアリはひとまず彼に尋ねた。

「エドガルドさま。とりあえず私は、これからあなたの妃となる悪女として、存分に振る舞えば良いのですよね？　その認識で問題ないですか？　エドガルドさま！」

「……っ、だから、軽率にその声で俺の名前を呼ぶな……！」

「エドガルドさま――っ!?　お気を確かに……!!」

縋《すが》るようにメアリを抱き締めたエドガルドが、心の底から辛《つら》そうな溜め息をついた。

魅了魔法はとても怖い。メアリは今後、二度と軽率にこの魔法を使わないことを誓うのだった。

「それではメアリさま。夕飯のお支度が済むまでは、このお部屋で自由にお寛《くつろ》ぎを」

メアリを部屋に案内してくれたのは、エドガルドの魔法によって召喚された使い魔だった。

真っ白な髪に真っ白な肌を持つ、先ほどの少年だ。

エドガルドにメアリの世話を命じられた彼は、メアリが転移してきたときに居た部屋まで案内してくれた。

改めて眺めても広い部屋だ。大理石の床や壁の他には、天蓋付きの大きな寝台しか無いことも、この部屋をより広く見せていた。

「全体的に大きなお城ね。ここはエドガルドさまのお住まいなの？」

「はい。アイゼリオン国の北東、ご主人さまの領地にある居城です。これまでこの城にお住まいの王族は、ご主人さまおひとりだけでした」

少年の物言いが過去形なのは、今日からメアリが住むからだろう。

神殿の外に住むなんて、メアリにとっても初めてのことだ。こんなに長く神殿を離れていたことだって、記憶の限りでは一度も無い。

「ところで、エドガルドさまは一体どちらでお過ごしなのかしら？」

「……申し訳ありません。回答の許可をいただいていない内容です」

「あ！　こちらこそごめんなさい、謝らないで！」

少年が頭を下げたので、メアリは慌ててそれを止めた。

先ほどのことを思い出す。メアリを抱き締めたエドガルドは、しばらく経《た》ってようやくメアリを解放したあと、ものすごく嫌そうな声でこう言ったのだ。

『今日はもういい、部屋に戻れ』

『エドガルドさま。しかし、悪女のお勧めについてが……』

『もういいと言った、以降は明日だ。……約束通りの自由と贅沢《ぜいたく》を与えてやるから、これ以上俺を振り回すな……』

あの声音は、心の底から疲れ切った人のものだった。

改めて同情していると、使い魔の少年がメアリに苦笑を向ける。

「それにしても、今日はメアリさまにとって大変な一日でしたね」

「ええ、本当に……」

メアリは溜め息をつきながら、エドガルドの紫色の瞳を思い浮かべた。

「まさか私の魅了魔法が、エドガルドさまにうっかり効いてしまうなんて」

「……」

すると、使い魔の少年がぽかんとする。

「ど、どうかした？」

いまのやりとりの一体どこに、驚くような要素があったのだろうか。メアリが焦って尋ねると、少年は恐る恐る聞いてきた。

「……メアリさま。普通は『大変だった』といえば、神殿を追放されたことや婚約破棄、ならびにうちのご主人さまに売られてしまったことを指すのでは……」

「その辺りは別に、大変というほどでは」

メアリはきっぱりと少年に答える。

「聖女を辞められて嬉《うれ》しいし、神殿から解放されたのは幸せだわ。婚約も破棄できて自由になれた上、エドガルドさまには神殿以外で働いたことのない私を破格の条件で雇ってもらえたんだもの。それも、目指したかった悪女として！　人生の再出発として、すっごく幸先の良いことだと思わない？」

「そ……そうですね。いえ、そうでしょうか？」

「失敗したことはひとつだけ、エドガルドさまに魅了魔法を掛けてしまったことよ。本当に嫌そうだったし、罪悪感がものすごくて……」

「…………」

その説明に納得するどころか、使い魔の少年はますます不思議なものを見る顔になった。

「ご主人さまはひょっとして、とんでもなく稀有《けう》なお方を見付けてしまったのでは……」

「……？」

メアリは首を傾げながら、不便なことに気が付いた。

「ところでエドガルドさまの使い魔さん。あなた、お名前は？」

「名前ですか？」

少年は、先ほどまでとは違った驚きの表情で目を丸くした。

「僕に名前はありません。だって、所詮は人外の者ですから」

その響きが心なしか寂しそうに聞こえて、メアリは更に尋ねる。

「でも、エドガルドさまはあなたのことをなんと呼ぶの？」

「呼んでいただく必要も無いのです。ご主人さまは用事があるときに僕たちを呼び、それをお命じになるだけですので」

その説明には納得するものの、メアリはううんと考えた。

「……私があなたに名前を付けたら、それは迷惑になるかしら？」

「――――！」

尋ねた瞬間、少年はこれまでで一番びっくりした顔でメアリを見た。

「僕に、名前を……？」

「ええ。エドガルドさまがお使いにならなくとも、私があなたを呼びたいもの」

すると、真っ白な睫毛《まつげ》に縁取られた双眸《そうぼう》が何度も瞬きをする。

「そ……」

少年は、落ち着かない様子でそわそわと俯《うつむ》いた。

「それは、その、たとえば。ど、どのような名前なのでしょう」

『『シュニ』というのはどう？　真っ白で綺麗《きれい》なあなたによく似た、雪を意味する異国の言葉なの」

「……っ！」

　そう告げると、少年は小さな両手で頬を押さえて呟いた。

「シュニ。……シュニ……」

　繰り返し何度もそう唱えたあと、やがてその頬が赤く染まる。

「……僕がもらった、名前……」

「……ふふ」

　喜びを噛《か》み締めるような表情に、メアリも嬉しくなって微笑んだ。

「これからよろしくね、シュニ」

「っ、は……はい。メアリさま」

　シュニと呼ぶことにした少年は、慌てたように一礼した。先ほどまでは大人びた雰囲気だったが、それとは少し異なる様子だ。

「僕に名前を下さって、ありがとうございます」

「いいえ、こちらこそありがとう。シュニのお陰で、早速悪女の務めを果たせたわ！」

「……はい？」

　シュニが怪《け》訝《げん》そうな顔をしているので、メアリも不思議に思って首を傾げる。

「だってシュニは、エドガルドさまの使い魔でしょう？　夫のものに勝手に名前を付けるなんて、とっても欲張りでいけないことよね」

「そ……それは、言われてみればそうかもしれませんが」

「悪女の種類は数あれど、『強欲』こそすべての悪い女の基本だと思うの！」

聖女の仕事以外では、メアリにとって初めての就職だ。不安はあったものの、なんとかやっていけそうなので安堵《あんど》した。

「私に魅了魔法なんて掛けられてしまったエドガルドさまのためにも、この調子で頑張って『雇われ悪女』を遂行するわ！」

「…………」

シュニは何度も瞬きをしたあと、ごくごく小さな声で何事かを呟いた。

「……その悪女像は、思いっ切りズレていらっしゃるような……」

「シュニ、どうかした？」

聞き取れなかったので尋ねるも、シュニはぶんぶんと首を横に振るばかりだ。

「それよりもメアリさま。ご主人さまはこれより早速、メアリさまとの婚約を公表なさるおつもりです」

「まあ。お仕事が早い」

しかし、王族の結婚とは本来もっと複雑なものだ。いくら本人がそのつもりだからといって、あっさり認められるものなのだろうか。

「今更だけれど、教会を追放された元聖女を妃にだなんて、エドガルドさまのご両親が反対なさったりしないの？」

「国王陛下は病の床に就かれ、現在すべての権限を第一王子のヴィンセント殿下に委譲されています」

「ふんふん。エドガルドさまの兄君ね」

「そして恐らくヴィンセント殿下は、ご主人さまとメアリさまの婚姻を許可なさるかと。その……」

シュニが言い淀《よど》んだものの、メアリはまったく気にしない。

「エドガルドさまが下手に権力を持った家のご令嬢を妃に迎えるよりも、悪名しかない無力な女《わたし》と結婚してくれた方が、兄君にとっては都合が良いということね」

「……そうです。ご主人さまが次期国王の資格を失うのは、ヴィンセント殿下にとっても望むところですので」

「ううん……。まさか王位継承権を巡って、ご兄弟の利害が逆に一致しているとは……」

王族の家族関係は複雑だ。それをしみじみ思いつつ、気合も入れる。

「つまり私は明日以降、早々にエドガルドさまの婚約者として過ごす機会があるということね。頑張らないと！」

「シュニは応援しています、メアリさま」

その気持ちを嬉しく思いつつも、まずは腹拵《はらごしら》えが必要だ。

「今夜の夕食がとても楽しみだわ。ああ、日付が変わる前に食事を取れるなんて感動しちやう……！」

「お、おいたわしや……」

こうしてメアリは、これからの悪女生活に思いを馳せつつも、聖女業から自由になった身の上を噛み締めるのだった。

翌日、部屋に運ばれてきた朝食をひとりで済ませたメアリは、身支度をしてからエドガルドのもとへ挨拶に向かった。

このお城はとても広い。その中でもエドガルドが居住する主城の中は、使用人が出入りすることもないそうだ。

すべての用事は使い魔たちが賄っており、人の気配がない。足音もせず、物音ひとつ聞こえてこないのだった。

そのお陰で本来の広さよりも、ずっとがらんどうに感じられる。

「おはようございます、エドガルドさま！」

「…………」

メアリが元気よく挨拶をする一方、執務室の椅子に掛けたエドガルドは、朝からものすごく難しい顔をしていた。

「魅了魔法の状態はいかがでしょう？　解呪の魔法が効かなくとも、奇跡が起こって自然と消えていたりは……」

「…………」

「していなさそうですね……」

恐らくエドガルドの渋面は、メアリのことが好きではなくなったからというものではない。

エドガルドは溜め息をつくと、大きな手で額を押さえるようにして俯いた。

「……一体どうして俺が、お前の夢など見る羽目になる……」

「まあ！　私ったら、勝手に夢へとお邪魔してしまいましたか？」

夢の中のメアリは、エドガルドに粗相などしなかっただろうか。だが、それはそれで問題無いのだと思い直す。

「悪女のお勧め、思いのほか順調に進んでいて嬉しいです！　夢の中といえど、不法侵入は不法侵入ですものね」

「は？」

「え？？？」

エドガルドがこちらを見るまなざしが、先ほどとは別の険しさを帯びた気がした。

だが、エドガルドは深く追及しては来ず、再び深い息をつく。

「……なんとなく嫌な予感はするが、ひとまず今はいい。それよりも、昨夜はよく眠れたのか」

「はい、ぐっすりです！　あんなに早くお布団に入れたどころか、朝もすごくゆっくり出来て……」

今朝の心地よさを思い出し、メアリはうっとりと目を細めた。

「朝日が昇るまで寝ているなんて、生まれて初めてのことです。瞼《まぶた》越しに光が当たって起きる素晴らしさ、感動しました……！」

「そうか」

その瞬間、エドガルドはすっと真顔になる。

「——では近々、お前にこれまで過酷な労働を強いていた神殿を、朝日よりも眩《まばゆ》い炎で焼き払おう」

「え……っ？」

たった今、とんでもない冗談が聞こえた気がした。

「食事はどうだ」

「えと、は、はい。こちらも非常に美味《おい》しく！　祝宴の日ではないのに主菜を出していただけた上、あんなに柔らかいお肉は初めていただきました……！　その上におかわりもしていいだなんて、こんな贅沢があってよろしいのでしょうか……!?」

「良いに決まっている、腹がはち切れるまで好きなものを好きなだけ食え。それと神殿関係者は焼き払う前に、監禁して飢餓状態に追い込んだ上での処刑とする」

「あの、恐れながらエドガルドさま。先ほどからご冗談がとても過激なような」

「冗談なはずがないだろう」

エドガルドは脚を組み替えると、当たり前のような表情のまま、それでいて低い声音で言った。

「お前をこれまで害して来た愚者を、俺が見逃すとでも？」

「エドガルドさま、お気を確かに!!」

魅了魔法の効力が恐ろしすぎる。メアリが大慌てでエドガルドを止めると、彼もそこで我に返ったようだ。

「くそ、俺は一体何を言っている……!?」

「よ、よかったです正気に戻っていただけて……！」

メアリはほっと胸を撫で下ろす。

「神殿を敵に回すと大変ですよ。自国の豊穣《ほうじょう》のために寄付金を注《つ》ぎ込んでいる各国が、全力で徒党を組んで護《まも》ろうとするはずですから」

「それくらいはどうとでもなる。そんなことよりも、お前の部屋の調度品について希望はあるのか？　いま置いている寝台も好みの物に取り替える。白の使い魔に要望を出しておくよう――……違う、本題は更に別だ……!!」

「お可哀想なエドガルドさま……」

エドガルドは死ぬほど疲れた顔をしたあと、今日一番の大きな溜め息をついてから言った。

「これより、国の南西にある街へ向かう。お前は婚約者として、俺に同行しろ」

「はい！　お役目ですね」

メアリは握り締めた両手を構え、戦いのポーズを取って頷《うなず》く。

「ちなみに、そちらの地にはどのような御用向きで？」

「領主が不当な重税を課し、領民から搾り取っていたことが分かった。兄より先に俺が赴き、片を付ける。領主の私兵による警備を突破し、武力で制圧する流れだ」

なるほどなるほど、と頷いた。

「それはつまり、悪い領主から領民の方々を救うということでしょうか！」

「……違う」

「あら？」

メアリが首を傾げれば、エドガルドは冷たい声音で言い放つ。

「領民のことなんざどうでもいい。俺が他人を救うなど、有り得ないことだと覚えておけ」

「ですが、領主さまをやっつけるおつもりなのでしょう？　それは紛れもなく、領民の皆さまのためなのでは……」

エドガルドはふんと鼻を鳴らし、不機嫌そうに言葉を続けた。

「これは、見せしめだ」

「見せしめ……」

紫色のその瞳が、窓の外にある景色を睨み付ける。

「王の座に興味は無いが、逆らう人間の存在は不快だからな。愚かしい領主は虫けらも同然だが、その虫の死体を軒先に吊《つ》るしておけば、ほかの虫がしばらくは寄り付かなくなる」

「エドガルドさま……」

「転移後は領主の結界をこじ開け、そのまま踏み込んで生け捕りにする。お前は俺の隣で、喜ぶふりでもしながら見ていろ」

厭わしげなまなざしが、メアリの方に向けられた。

「――美しく微笑んでいれば、それでいい」

「…………」

エドガルドの物言いや振る舞いは、恐ろしい暴君そのものだ。

部屋の空気が、背筋も凍るような冷たさを帯びる。けれど、メアリが臆することはない。

(悪女としてのお役目。任せていただけて、とても嬉しい)

「！」

にこっと微笑み、エドガルドの言った通りの表情を作ると、彼は不意を突かれたかのように目を見張った。

「こうですか？　エドガルドさま」

「……っ」

尋ねれば、エドガルドが苦虫を噛み潰したような顔で言う。

「………俺に今それをやる必要は無い」

「まあ。大変失礼いたしました」

彼は舌打ちをしたあとに、メアリの手首を掴んだ。

「さっさと終わらせる。……転移をするぞ」

「はい、お仕事頑張りま……すっ!?」

元気よく返事をしようとした瞬間、目の前の光景が切り替わる。

真っ黒で広大な空間だ。一瞬で転移したその場所に、不穏な雷鳴が轟《とどろ》き始める。ばちばちと音を立てる稲妻が、メアリとエドガルドの体に纏《まと》わり付いた。

「ん……！」

少しでも前に進もうとすると、四肢に絡んだ稲妻がそれを阻み、押し留《とど》める。ともすれば、呼吸をする余裕すらなくなりそうだ。

（すごい抵抗……！　全力で侵入者を拒んでいるんだわ）

それを肌で感じて、メアリは目を輝かせた。

「エドガルドさま、ここは領主さまの結界の中ですね!?　すごいです、予備動作もなく一瞬で転移なさるなんて！」

「静かにしていろ」

エドガルドはメアリの肩を掴み、彼の方へと引き寄せる。そして目の前に手を翳し、小さな声で詠唱をした。

「!!」

　轟音《ごうおん》と共に、真っ暗な空間へ亀裂が走る。

　空間が持ち堪《こた》えたのは数秒ほどで、そこから一気に決壊した。

　目の前の暗闇が砕け散ったあと、メアリたちは森の中に建てられた大きな屋敷の、その上空に転移している。

　メアリたちが落下し始めるのと同時に、悲鳴じみた叫び声が下から聞こえた。

「結界が破られたぞ!!　何をしている、侵入者を殺せ!!」

　領主らしき男の怒号が響き渡る。百人以上の魔術師たちが屋敷を取り囲み、彼らの周りに魔法陣が出現した。

「離れるなよ」

「はい、エドガルドさま！」

　メアリがエドガルドにきゅっとしがみ付けば、エドガルドは物凄《ものすご》く顔を顰めた。

　舌打ちのあと、彼が下方へ手を翳すと同時に、地上で迎え撃つ魔術師たちが魔法を放つ。

「！」

　ごうっと凄《すさ》まじい音を立てて、噴火のような火柱が噴き上がった。

　突風と熱気に目を細め、生き物としての本能で身を竦《すく》める。エドガルドは、メアリを守るように抱き寄せながら詠唱した。

「――……」

「！」

すぐ足元まで迫り来ていたその炎が、光の壁に弾かれる。

（これだけの凄まじい火柱を、こんなに簡単に防ぐだなんて……！）

エドガルドは平然とした顔で、次の呪文を結界に重ねた。

たったそれだけで、全てを焼き尽くすかのような業火の柱が退けられ、次の瞬間に霧散する。強大な火柱を弾き返され、魔術師たちが慌てて魔法陣を解除した。

「ぐあ……っ!!」

エドガルドの放った風の刃《やいば》が、迎撃態勢にいた魔術師たちを斬り裂く。

メアリたちの足元に生まれた魔法陣が、落下の衝撃を和らげて、庭の芝生に着地するのを助けた。

「す……っ」

破られた結界の内側、悪徳領主に雇われた魔術師たちが気絶した中庭で、メアリはぱちぱちと拍手をする。

「すごいです、エドガルドさま！」

「ふん」

エドガルドはどうでもよさそうだが、これは並大抵の手腕ではない。

その直後、飛び出してきた魔術師が叫び声を上げた。

「食らえ！」

「……」

隆起した地面が蛇のようにうねり、エドガルドの方に襲い掛かる。そこにエドガルドが一瞥《いちべつ》をくれると、岩塊が音を立てて破裂した。

エドガルドが指先を動かすと、岩の破片が逆流し、魔術師の腹部にぶつかってめりこむ。

「うぐ……っ!?」

短い悲鳴のあと、魔術師が倒れた。結界で身を守っていたようだが、エドガルドには紙も同然だったようだ。

(気絶なさっている魔術師さまたちは、皆さま実力者であったご様子なのに。その結界を破壊した上、落下しながら私を守り、魔術師との攻防をした上での見事な着地……)

メアリは興味津々で、隣に立つエドガルドを見つめた。

(凄まじい攻撃魔法と、それを繊細に制御なさるお力を併せ持つ、素晴らしい技術ね)

「……視線をやめろ」

「申し訳ありません。ついつい」

エドガルドはメアリから手を離すと、屋敷を見据えて手を翳す。短い詠唱に呼応して、彼の手のひらに光が集まった。

放たれるのは一瞬だ。

どんっという地響きが訪れる。

衝撃のあと、豪奢《ごうしゃ》な造りだった屋敷の一部は崩壊し、壁や屋根が抉《えぐ》り取られたかのように砕け散っていた。

「ひっ、ひい……！」

崩れた部屋の一部から、震えた男が飛び出してくる。中年の男は恐怖に顔を歪《ゆが》め、エドガルドを見て尻餅をついた。

「なんだ貴様は……!?」

「シャンデリアに吊るした無数の宝石は、南大陸からの輸入品か？」

エドガルドは無惨に床へと砕けたシャンデリアを見遣り、冷たい声を発した。

「この一室の調度品だけで、庶民ひとりが十年は生きられる。……この地の領民が、あれほど痩せ細っていたわけだ」

「か、金が目当てか!?　そうか分かったくれてやる、好きなものを持っていけ!!」

太った男の指が、床に散らばった宝石を掻《か》き集める。

引き攣った笑みを浮かべた領主は、両手を掲げるようにしてエドガルドに祈った。

「な!?　ほら、嬉しいだろう！　誰に雇われた魔術師か知らないが、そ……そうだ、私のもとに来ないか!?」

「……」

「お前ほどの魔術師であれば、いくらでも金を積んでやろう！　だから、な!?」

「黙れ」

「ぐ……っ!?」

エドガルドが冷淡に言い放つ。作り出された氷の刃が、領主の眼球すれすれに突き付けられた。

「……耳障りな声で、よく喋《しゃべ》る……」

「はっ……、は」

領主が目を見開いたまま、声が出ないくちびるを開閉させた。

「どうやら貴様は、よほど俺を不快な気分にさせたいらしい」

(エドガルドさま……)

表情を変えないエドガルドの声が、地を這《は》うような低さで響いた。

空気が張り詰めて痛いほどだ。本で読んだことがあるのだが、これが殺気というものだろうか。

「跪《ひざまず》け」

「く……っ」

ぶるぶると身を震わせる領主が、汗を地面に滴らせながら片膝をつく。

「もしやお前は……い、いや、あなたさまは。まさか……!!」

「――……」

「ぐあ……っ!?」

雷光が、領主の腹部を貫いた。

「誰が話していいと言った？」

「……エドガルド、殿下……っ」

「その不愉快な声で、勝手に俺の名を呼ぶな」

エドガルドの淡々としたその言葉は、領主の耳に入っていないはずだ。

どさりと地面に倒れ込んだ領主を見下ろし、エドガルドはつまらなさそうに言い放つ。

「利用価値がひとつも無ければ、この場でさっさと殺してやったものを」

「……エドガルドさま！」

「！」

わあっと拍手をしたメアリの声に、エドガルドがぴくりと肩を跳ねさせた。

「すごいですエドガルドさま！　見事な手腕、感嘆いたしました！」

「は？　……何がだ」

「多数の私兵に守られた領主さまを、武力で制圧すると仰《おっしゃ》っていましたから。私、絶対に重傷の怪我《けが》人が出てしまうと思って、こっそり治癒の準備をしていたのです」

ほわっと手のひらに光の球を浮かせて、メアリは「ね？」と首をかしげる。

「けれどもこれだけの結界を破った上、敵を失神させるにも最低限の攻撃だけ。手加減が出来るのは、エドガルドさまが本当にお強いからですね」

「……」

「こんなにすごい魔法を使うお方は、本の世界の作り話にしかいないと思っていました。殺気というものを感じたのも初めてで、どきどきしています」

神殿の外に広がる世界は、こんなにもたくさんの出来事に溢《あふ》れているのだ。メアリはエドガルドの手を取ると、きゅっと繋《つな》いで微笑んだ。

「どうか私の手を握ってください。素晴らしい方に出会えて幸せなときは、その相手に握手をねだると本で読んだのです」

「………」

「ふふ、大きな手。……よく見ると、懸命に書き仕事をなさるお方特有のペンだこがおありなのですね」

魔法や武力ばかりでなく、王太子としての仕事もこなしているのだろう。昨晩一緒に食事が出来なかったのも、もしかしたらそれが理由なのかもしれない。

「決して表に出さないけれど、たくさんのことを頑張っていらっしゃる。……そんな旦那さまのことが知れて、嬉しいです」

「………っ」

そう告げると、エドガルドが渋面を作り、メアリの指から逃れるようにぱっと手を引いた。

「……そのような戯《ざ》れ言は、何もいらない」

「ですが」

「お前の務めは、俺を知ることなどではないはずだろう」

「あ！」

そう告げられて、メアリは反省する。

「仰る通りです。私、エドガルドさまのなさることに見惚《みと》れてしまって、悪女らしい振る舞いが十分に出来ていませんでした……今からでも、悪女の振る舞いは間に合うでしょうか？」

「ふん」

エドガルドは冷たい視線をメアリに向けたあと、ふいっと顔を逸《そ》らす。

「もはや見物人も居ない。無意味なことをする暇があったら――……」

「確かに」

メアリはあることを閃《ひらめ》き、彼の言葉を遮って言った。

「それでは、こちらに致しましょう！」

「は？」

中庭の中央を目指し、メアリはととっと数歩駆ける。そこで両手の指を組むと、静かに目を閉じた。

そして、いつものように祈りを捧げる。

「……これは……」

心臓の辺りから、温かな力が生まれるのを感じた。

左の胸を中心にして、その力がどんどん広がってゆく。

メアリの鼓動が脈打つ度に、その魔法が体の中を満たし、光となって外へと溢れ出た。

「聖女による、豊穣の祈りか？　……違う。これはそんな曖昧なものではなく、もっと強力な……」

（エドガルドさまはやっぱり、魔法の知見が深いのだわ）

生まれ持っての才能だけでは、メアリがいま使っている魔法について見抜けるはずもない。エドガルドの言う通り、メアリがここで使っているのは、神殿で捧げていた祈りとは別物だった。

（豊穣の祈りは、通年を通して土地を豊かにするもの。持続的な代わりに効果が弱い、そんな魔法だけど）

目を閉じて祈るメアリの胸元に、ふわっと光の球が生まれる。

それはどんどん大きく膨れ上がり、メアリたちだけでなく屋敷を取り込んで、結界よりも大きな光となった。

「恵みを。祈りを。とこしえに足らずとも、この地の民が飢えを癒し、明日に怯《おび》えることのない豊かさを！」

「……っ」

メアリが唱えた瞬間に、ひときわ強い光が満ちる。

眩《まぶ》しさが消えたのを瞼越しに感じ、メアリがゆっくりと目を開ければ、辺り一面は青々とした植物に埋め尽くされていた。

「……上手く、いきましたね」

「……」

ほっとすると同時に、メアリの頬を汗が伝う。

呼吸が乱れ、上手く声が出なくなっているものの、軽い咳払《せきばら》いと共に誤魔化して笑った。

「エドガルドさま！　ここに生えた植物はみんな、ご覧の通り食料です。お芋にごぼう、人参や玉葱《たまねぎ》。キャベツやカブ、お豆とかぼちゃ、茄子《なす》！　それからトマトと苺《いちご》と……」

これは豊穣の祈りではない。短期的だがもっと強力な、そんな魔法なのだ。

あれもこれもと指差してゆくと、エドガルドがぽつりとこれだけ呟く。

「…………作物に、季節感の統一性が無さすぎるだろう」

「そ、そうかもしれないのですが！」

一応その自覚はあったので、メアリは慌てて補足した。

「エドガルドさまの先ほどのお話だと、領民の皆さまは飢えて痩せていらっしゃるのでしょう？　必要な栄養素が分かりませんので、とにかく思い付く限りの収穫物があるようにと……」

「……」

「お野菜だけではなく！　たくさんの食べ物があると分かれば、森の動物さんたちも近寄ってくるはずです。ここに罠を仕掛けたり猟をすれば、きっとお肉も食べられるはず」

「……言わんとする理屈は、分かったが」

エドガルドは形のいい眉を歪め、解せないものを見る目をメアリに向けた。

「一体どんな理由があって、こんな魔法を使ってみせた？」

「だって私、悪女ですから！」

「…………」

自信満々で言ってみせたのに、エドガルドはますます渋面を険しくする。

「エドガルドさまは領主を排除して、この地をご自身の物になさるのでしょう？」

「まだそうと決めた訳ではないが」

「妻である悪女たるもの、夫の領地から得られる利益を最大限にするべきです！　領地でたくさん収入を得るには、何はなくとも領民の健康あってこそ。元気な稼ぎ手がたくさんいなくては、税金が入らない上に生産物も減りますからね」

「…………」

もちろん本で読んだだけなのだが、その考え方には賛成だ。

「私は悪女なので、強欲なのです。エドガルドさまが得られる利益を最大限にするために、お手伝いいたします！」

「……お前は……」

「あら？　あそこ、何か物音が……」

崩れた屋敷の一角から、がたんと音がしたのである。メアリが近付こうとすると、エドガルドがそれを後ろから叱った。

「危険かもしれないものへ、不用意に近付くな」

「大丈夫ですエドガルドさま。ここにいるのは小さな子供たちのようで……」

「子供？」

領主がいた部屋の奥には、五歳から六歳くらいの少年や少女が、蹲《うずくま》ったまま震えていた。身を寄せ合って泣いている彼らは、領主の血縁ではなさそうだ。ひょっとしたら、領民たちが領主に逆らわないように、子供を連れ去って人質にしていたのかもしれない。

どうやら怪我はしていないようだが、その様子はひどく怯えている。

「ひっく……た、たすけて……」

「なんてひどい……。待っていてね、今……」

「待て」

「！」

駆け寄ろうとしたメアリの肩を、エドガルドの大きな手が掴んだ。

「怪我もしていないのだから放っておけ。どうせ領民共が異変に気付き、子供を助けるためにやってくる」

「離してくださいエドガルドさま！」

「……っ」

メアリが願うと、エドガルドはすぐさま手を離してくれた。どうやら彼の本意ではないが、メアリの願いへ咄嗟《とっさ》に反応してしまったらしい。

「おい！」

「心配なさらずともご安心ください。せっかく目撃者に会えたことですし、ちゃんと悪女らしく振る舞いますから！」

「っ、本当だろうな……!?」

子供たちに駆け寄ったメアリは、彼らと目線を合わせるために床へ座った。それでもびくりと肩を跳ねさせた子供たちを観察し、体調を確認する。

（魔力の乱れは無さそうだけれど、後で念のため治癒魔法を使いたいわ。とはいえ、今は何よりも……）

メアリは深呼吸をする。そして、エドガルドに出発前に告げられたことを思い出した。

『転移後は領主の結界をこじ開け、そのまま踏み込んで生け捕りにする。お前は俺の隣で、喜ぶふりでもしながら見ていろ。――美しく微笑んでいれば、それでいい』

物事は順当に進んでいる。いまこそ役割を果たすときだ。

「エドガルドさま。今回ご指示いただいた悪女のお仕事、『エドガルドさまのしていることを隣で喜びながら、美しく微笑む』を果たしたいと思います」

「……待て、嫌な予感がする。お前、解釈を間違って……」

「小さなみんな。安心してね」

メアリは怯える子供たちに向け、ゆっくりとやさしい声音で語り掛ける。

「エドガルドさまが、皆さんを苦しめる悪い領主をやっつけて下さったわ。私、隣で見ていたの」

「ほ……ほんとう？」

「っ、待てと言っている！」

「本当。これでみんなおうちに帰れるわ！　なんて喜ばしいことかしら」

「……！」

　子供たちが目を見開いて、信じられないという表情をする。

「怖かったのに、みんな頑張ってくれたのよね」

　メアリはくちびるを綻ばせ、まさしくエドガルドに言われた通り、美しい微笑みを浮かべて告げた。

「……けれどもう、大丈夫だから」

「……っ」

　その瞬間、硬直していた子供たちの体から力が抜ける。

「う……うわああんっ、お姉ちゃん……!!」

「怖かった、怖かったよお……!!」

「よしよし、みんな良い子。……すぐにお迎えが来るはずだから、家族みんなでお腹《なか》いっぱいご飯を食べましょうね」

　メアリに縋り付く子供たち、ひとりひとりの頭を撫でる。

　この小さな子供たちが安心できて、本当によかった。

（エドガルドさま！　私、ご指示の通りにやれましたよ！）

そんな思いで顔を上げるが、メアリを見ているエドガルドの表情は、想像していた『よくやった！』という顔ではなかった。

「…………………」

「……あらら？」

何故なのか、心底げんなりしたまなざしを向けられている。

どうやらこの日の『悪女のお勧め』は、雇い主の期待には添えなかったようなのだった。

3章　傲慢の悪女

Chapter 3

「――お前の悪女の定義は、一体どうなっている？」

城に戻るや否や、執務室の対面椅子に座らされたメアリは、エドガルドの問いにぱちぱちと瞬《まばた》きを繰り返した。

「悪女の定義、と言いますと……？」

「お前の考える悪女像は、恐らく世間とずれている。契約内容を曖昧な表現に留《とど》めてしまった俺の落ち度だ、これより改める」

「は……！　分かりました。雇用契約の見直しというものですね」

メアリは頷《うなず》き、ひとつずつ指を折りながら数える。

「まず、悪女はきっと『傲慢』です。自分を必要以上に持ち上げて、周りを顧みません」

「……ほう」

「それから『強欲』。欲張りで、なんでも我が物にしようとしますね？　先ほどのように、領民の皆さまから搾り取れるものを全部搾り取ろうとするのがその例です」

そう言うと、エドガルドは顔を顰《しか》めた。

「……まあいい。他には？」

「あらゆるものに『嫉妬』をして、癇癪《かんしゃく》を起こしてみせようかと！　自分の欲望がままならなければ、ちょっとしたことで感情的に『憤怒《ふんど》』します」

「……」

「それから『怠惰』。私は自分の為《な》すべきことを為さず、与えられた役割を放棄するように努めましょう。あっ、もちろん悪女のお勤めは果たしますのでご心配なく！」

「…………」

「ついでに色んなものを『暴食』して、贅沢《ぜいたく》のかぎりを尽くすのです！　それから、ううんと……」

　メアリはくちびるに人差し指を当て、本で読んだ悪女像を鑑みる。

『傲慢』『強欲』『嫉妬』『憤怒』『怠惰』『暴食』。これらの他に悪女といえば、メアリにはひとつしか思い当たらない。

「……『色欲』、でしょうか……」

「…………………」

　そう告げると、エドガルドが自身の額を押さえて俯《うつむ》いた。

「な、何か間違っていました？　けれども私が想像するに、悪女とは往々にして色っぽいのです！　手練手管を駆使してこう、時の権力者を手玉に取り……！」

「説明はいい。意図くらいは分かっているから言わなくていい」

「あら、そうですか？」

　メアリはそれならと気を取り直し、これまでの発言をまとめてみる。

「悪女は他者を見下していて欲張り。何にでもヤキモチを妬《や》いて、すぐに怒ります。それでいて怠《なま》け者な上、贅沢で手当たり次第に食べ……それから色っぽく、艶《なまめ》かしく……」

「待て。最後のはいいから除外しろ」

「それでは、悪女の罪は六つほどでしょうか。ううん、とはいえこれだけでは心許《こころもと》ないような」

やっぱり色欲は必要な気もするのだが、雇い主の要望なので外しておく。

エドガルドは眉間《みけん》に皺《しわ》を寄せたまま、疲れ果てたように口にした。

「発言だけ聞いていれば、なんら間違っていないはずだ。なのに何故《なぜ》それを実行に移した結果、ああまでも極端な事故を起こす」

「事故？　んん……よく分かりませんが、安全でないのはいけませんね」

「………」

はあ、と溜《た》め息が紡がれた。エドガルドは続いて、呪文をひとつ詠唱する。

ふわりと魔法陣が出現したあと、そこには真っ白な少年が立っていた。

「お呼びですか、ご主人さま」

「シュニ！」

今朝もメアリの朝食を世話してくれた使い魔は、エドガルドの呼び出しに一礼する。エドガルドは怪訝《けげん》そうにメアリを見た。

「シュニ？」

「はい、私が勝手に名前を付けました！　エドガルドさまの使い魔に！　勝手に！　名前を！」

「………」

メアリは瞳をきらきらさせ、誇らしげにエドガルドを見た。しかし、エドガルドは何故かメアリから視線を外す。

(強欲な悪女っぷりを強調したのに、エドガルドさまの反応がいまいちだわ……)

エドガルドは頑《かたく》なにメアリの方を見ず、シュニに向けて命じた。

「使い魔。聖女を披露目に連れて行く、一ヶ月後の例の夜会だ」

(夜会?)

「承知しました。それでは衣装や宝飾品など、メアリさまにお似合いのものを準備いたします」

メアリが不思議に思っていると、エドガルドが瞑目《めいもく》しつつ教えてくれた。

「お前が妻であることを、この国の最大規模の社交界で宣言する。これを逃すと、この先しばらくは機会が無いからな」

「そうなのですね。何かご事情が?」

「父が病で永くない」

エドガルドの言葉は簡潔だった。何の感情も見えない素振りに、メアリは緩やかな瞬きをする。

「エドガルドさま……」

「この夜会には、神殿から『聖女』も参加するそうだぞ」

「!」

その聖女とは、もちろんメアリのことではない。

「ニーナが……」

「……神殿に残った、もうひとりの聖女の名か」

「はい」

神殿には、これまでふたりの聖女がいた。

筆頭聖女だったメアリが追放されたあと、あそこに残ったのは、金色の髪を持つ可愛《かわい》らしい少女だ。

「ニーナは私の、異母妹なのです」

「……」

エドガルドが、ほんの僅かに目をすがめる。

けれども彼は、それ以上メアリに何も言わなかった。

「……使い魔。聖女をティストの森に連れて行け」

「はい、ご主人さま」

「エドガルドさま、ティストの森とは？　そしてその森で、私はどのように動けばよいでしょう」

尋ねると、エドガルドは不機嫌そうな顔のまま続ける。

「お前の『悪女』らしき振る舞いの所為《せい》で、先ほどの地に妙な噂《うわさ》が広まりそうだ。俺を英雄視する声と、お前を聖女として崇《あが》める動きに繋《つな》がりかねない」

「まあ！　それは一大事……！　つまり私はその森で、業務失敗による謹慎を受けるのですね……」

「……」

メアリが悲しい気持ちで俯くと、エドガルドはこう続けた。

「……ティストの森は、清浄な魔力に満ちた静かな森だ」

「え？」

「お前は先ほどの所業により、魔力を消費したのだろう？」

ひょっとしてエドガルドは、植物たちを急成長させた際、メアリが消耗したことに気が付いていたのだろうか。

「あの森にいれば回復が早い。……お前に今から命じるのは、そこで悪女らしく『怠惰』に過ごせという点だ」

「……！」

言わんとすることに気が付いて、メアリはじいんと感動した。

「エドガルドさま……！　それはもしや、休憩時間なるものをいただけるということでしょうか!?」

「違う、あくまで悪女らしい過ごし方をしろと言っているだけだ。……くそ……」

十分な働きを発揮できなかったようなのに、休憩をもらえるなんて楽園だ。

メアリはそれを有り難く思うと同時に、雇い主の気遣いに報いるべく、今後の巻き返しを計画するのだった。


魔力というものは、この世界のすべての人間に流れる力だ。けれどその量には違いがあり、多ければ多いほどに強い魔法を使うことが出来る。

そして魔法をたくさん使い、体内に流れる魔力が減ると、人間も衰弱してしまうのだ。

豊穣《ほうじょう》の祈りは聖女にしか使えず、魔力を大量に消費する。

筆頭聖女として大神殿に居た頃のメアリは、寄付金を積んだ国々からの依頼によって、毎日枯渇寸前まで祈り続けていた。

「さっきの魔法を使ったことで、残った魔力は半分くらいかしら？　神殿暮らしの日々に比べたら、かなり余裕がある方なのだけれど」

メアリの話を聞きながら、傍らを歩く使い魔のシュニがぶつぶつと呟《つぶや》く。

「あの規模の魔法を使っても、まだ半分ある残量……。やはり規格外ですが、そんなメアリさまの魔力を毎日枯渇寸前までこき使っていた神殿とは……」

「でも、ここに来られてよかったわ！」

脱いだ靴を両手に持ったメアリは、裸足《はだし》で歩いてきた景色を見渡した。

「本当に、なんて素敵な森かしら……！」

転移してきたこの場所は、ふわふわした緑の苔《こけ》に包まれた、巨木の森だ。

周囲に聳《そび》え立つ木々を囲むには、十人が手を繋いだ輪でも足りなさそうだった。

一本一本がどっしりと構えていて、低い位置に枝はない。その幹ははるか上空まで伸びていて、頂が見えないほどだ。

それでいて決して暗くはなく、むしろ木漏れ日が差し込んでいる。地面を覆う苔の感触を楽しむため、メアリは裸足でこの森を歩いてきたのだが、絨毯《じゅうたん》のようにふわふわだった。

恐らくは魔力の磁場なのだろう。ここには大地から溢《あふ》れた魔力が溜まり、空間が歪《ゆが》められているらしい。

「この森で少し寛《くつろ》げば、魔力もすぐいっぱいになりそうだわ」

「それはよかったです。ご主人さまも時々はここにお越しになって、休まれることがありますよ」

「まあ、エドガルドさまも？」

そんな話をしていると、赤い光の球がふよふよと近付いて来た。メアリがそれを見上げると、球はぽんっと音を立てて弾《はじ》ける。

「やい、白の使い魔」

「！」

そこに姿を見せたのは、赤い髪に赤色の衣服を纏《まと》った少年だった。

元気そうな吊《つ》り目と小さな八重歯が特徴的な、八歳くらいの外見年齢だ。赤い少年を前にして、シュニがうんざりと溜め息をつく。

「はあ、あなたですか……」

「シュニ。この子はあなたのお友達？」

「いえまさか」

メアリが尋ねたその言葉に、シュニはにこりと笑って首を振った。

「この不届き者は、ご主人さまの使い魔のひとりです。数多くいる使い魔のひとりに過ぎない、そんな程度の存在ですが」

「おい、白の使い魔!!」

瞳も赤色の少年は、シュニの説明に勢いよく食ってかかる。

「聞き捨てならないぞ、いま俺さまの悪口を言っただろう！」

「なんのことです？　僕はあなたの悪口なんて、何ひとつ」

「そうなのか!?　なら誤解した俺が悪かった、ごめん!!」

（まあこの子、素直な上にきちんと謝れる良い子なんだわ）

赤い少年を適当にいなしたあと、シュニはメアリを見上げながら教えてくれた。

「ご主人さまのお呼び出しがないとき、僕たち使い魔はこの森で過ごしています。他にも沢山わらわらといますよ、鬱陶しいほどに」

「なあおい白の使い魔。この女、さっきから普通に居るけどなんなんだ？　人間の女がこの森に来るなんて、有り得ないだろ」

赤い少年の問い掛けに、シュニはむっとした不機嫌そうな顔をする。

「無礼な口を聞いてはなりません、赤の使い魔。このお方のお名前はメア……」

「ひょっとして、ご主人のお妃《きさき》さまか！」

赤の少年はぴょんと跳ね、苔の絨毯に着地すると、メアリの周りをぐるぐる回りながら言った。

「初めて見た、これがお妃！　ご主人は強くて怖くて格好良いだろ？　お妃になるお前もきっと、強くて怖くて……は、なさそうだなあ」

「赤の使い魔。メアリさまに対し、先ほどからあまりに失礼な態度」

「ふふ。いいのよシュニ」

「ですが……」

メアリのために怒ってくれる気持ちを有り難く思いつつも、本心から告げる。

「私ね、子供の頃から神殿の外に出ることなんてほとんど無かったの。関わる人も少なくて、それがとっても寂しかったわ。だから、私に対して色んな人が色んな風に接してくれるのは、すごく嬉《うれ》しい」

するとシュニはしゅんとして、おずおずとメアリに尋ねてくる。

「……では。僕もこのような口調ではなく、赤の使い魔のような態度でメアリさまへとお話しした方が嬉しいですか？」

「あら、どうして？　シュニはシュニらしい方が、もちろん嬉しいに決まっているのに」

そう言うとシュニはほっとしたように、それでいて嬉しそうに息を吐いた。

「ありがとうございます。メアリさま」

「なああ、さっきから気になっていたんだが」

赤色の少年は首を傾《かし》げ、シュニのことを指差した。

「お妃さまが言ってる『シュニ』ってなんだ？　聞いていると、まるでお前の……」

「シュニはこの子の名前なの。私が付けたわ」

「!!」

その瞬間、赤色の少年が大きく目を見開いた。

シュニは勝ち誇ったような表情で、赤色の少年に言い募る。

「ふふん、羨ましいでしょう？　メアリさまにいただいた、僕だけの名前こそ『シュニ』なのです」

「う、うおお……。そ、そんな、そんなの……」

ふるふると震えている赤色の少年に、メアリは何気無く尋ねてみる。

「あなたにも名前を付けましょうか？」

「……!!」

その瞬間、赤色の少年がメアリを見上げ、喜びを満面に表した表情で瞳を輝かせた。

「ほんとうか!?」

「ええ、本当」

赤い少年がぱああっと口を開けると、牙のように尖《とが》った歯がちょんと覗《のぞ》いた。

メアリが悩んだのはほんの数秒ほどで、彼に付けたい名前が決まる。

「では『フラム』。異国の言葉で、炎を意味する名前よ」

「フラム……」

「赤い髪と赤い瞳。何より元気で明るいところが、燃え盛る炎にぴったり合うもの」

「……！」

そう告げると、嬉しそうに頬を染めた赤い使い魔の少年は、むにむにと口をつぐんでから俯いた。

「フラム。……俺の、俺だけの名前……」

噛《か》み締めるように呟いてから、彼は元気いっぱいにぴょんと跳ねる。

「へへ。……へへへ、へへ！」

「これからよろしくね、フラム」

「おう‼　俺もお前を名前で呼ぶ‼　メアリ、ありがとう、メアリ！」

メアリの周りを駆け回るフラムに、シュニが呆《あき》れ顔で苦言を呈した。

「赤の使い魔。メアリさまに名前をもらったからって、調子に乗ってはいけませんよ」

「おいおい白の使い魔、俺のことはフラムって呼べよ！　俺もお前のこと、今日からシュニって呼んでやるからさ！　呼ぶ奴《やつ》が増えると嬉しいだろ⁉」

「う、それは……。し、仕方ありませんね……」

メアリはふたりのやりとりを眺めながら、くすくすと笑う。

「使い魔さんたちは、名前を付けられるのが嬉しいの？」

「うれしい！　だって俺たち人が好きだし」

「ご主人さまに契約していただくまでは、人に姿を見てもらうことさえ出来ませんでした。僕たちは少々厄介もので、ご主人さま以外の人にはとても仕えることが出来ませんから」

「人と喋れるだけじゃなくて、名前までもらえるなんてなあ！　なあシュニ、みんなに自慢しに行こうぜ！」

「あ、待ちなさい赤……っ、ではなく、フラム！」

駆け出したフラムの後ろ姿を、シュニが慌てて追い掛ける。メアリはそれをにこにこ見送ったあと、改めてこの静謐《せいひつ》な森を見渡した。

（本当に、佇《たたず》んでいるだけで力が満ちていくような森ね）

苔むした木の幹に寄り添って、静かに目を瞑《つむ》る。

（『怠惰』は悪女の条件だけれど、誰も見ていないところで休んでも意味がないわ。やるべきことを果たすべく、悪女の作戦……。悪女の作戦……）

そしてしばらく考えたのち、メアリははっと目を見開いた。

「そうだわ！　この方法なら悪女らしい上、必然的に多くの人目に触れるはず。エドガルドさまもきっとご満足……きゃあ！」

思わず悲鳴を上げてしまったのは、小さな子供が抱き着いてきたからだ。

「この人が、あるじさまのお妃さまー？」

金色の髪をした少年が、きらきらした目でこちらを見ている。

その少年ひとりだけでなく、メアリの周囲には子供たちがたくさん集まってきていて、わあわあとはしゃぎながら口々に話した。

「これがお妃さま……。不思議。面白い」

「きらきらしていて可愛い、素敵ー！　お姉さんがご主人さまと結婚するの？」

「あなたたちは……」

彼らはみんな人間ではなく、恐らく使い魔たちなのだろう。ひとりが抱っこをせがむように手を伸ばし、メアリにねだってくる。

「赤と白に聞いたのー！　私にも名前付けて、付けてー！」

少し離れた場所では、先ほど駆けていったシュニとフラムが、反省した顔で立っていた。

「申し訳ありませんメアリさま。フラムが他の使い魔たちに、不用意に自慢して回った所為で……」

「そんなこと言って、シュニの奴も自分から話してたんだからな！　俺だけの所為じゃないぞ、でもごめん！」

「名前ー！　名前欲しい名前欲しい名前、ねえー!!」

「僕も……僕も欲しい。僕の名前」

「俺にもちょうだい。ねえいいだろ？」

「……」

たくさんの使い魔たちにねだられて、メアリはふんすと気合を入れた。

「……分かったわ！　順番に付けるからこっちに並んでちょうだい、整列！」

「はあい！」

こうしてメアリはティストの森で、魔力が十分に回復するまでの時間を、たくさんの使い魔たちと過ごしたのだった。


「ただいま帰りましたエドガルドさま。私、この国の夜会にたくさん出てみたいです！」

「…………」

メアリが帰宅早々そう告げると、長椅子に寝転んで書類を読んでいたエドガルドは、肘掛けに足を置いたままで嫌そうな顔をした。

「……どういう意図によるものだ」

「はい、それはですね……」

「第一に魔力は回復したのか？　外出先で怪《け》我《が》などしていないだろうな。お前をひとりで行かせた結果、気掛かりでまったく公務に集中出来なかった。俺も同行するべきだったと何度後悔したか分からない、俺はお前のことが…………」

「……」

「…………」

エドガルドがぴたりと口を閉ざしたので、彼がいまどういう状況なのかを察する。

「……エドガルドさま……」

「——うるさい。俺だって、好きでお前にこんなにも惚《ほ》れている訳じゃない……」

（本当にお可哀想《かわいそう》……）

メアリはしみじみ同情した後、彼の問い掛けに答える。

「あそこは素敵な森ですね。使い魔さんたちも可愛くて、楽しくて！　魔力はすっかり回復いたしました」

「……ならいい」

「エドガルドさま、いかがでしょう？　お披露目の夜会の前に、何処《どこ》か直近で開かれる夜会に連れて行って下さいませ。これなら私、悪女としての業務を果たせると思うのです！」

「……」

長椅子に寝転んだままのエドガルドが、気怠《けだる》そうに身を起こしながら言う。

「説明してみろ」

「はい。ずばりこうすることにより、悪女として果たすべき六つの罪のうちのひとつ、『傲慢』を果たすことが出来るのではないかと」

そう言うと、エドガルドはますますその顔を険しくした。

「ますます分からん」

「夜会にはきっと、たくさんの女性が参加されますよね？　そこで私、エドガルドさまという旦那さまがいることを、なんと皆さまに自慢しちゃいます」

「……」

それこそが先ほどティストの森で、メアリが閃《ひらめ》いたことだった。

「皆さまきっとエドガルドさまのお嫁さんになりたいでしょうから、私のことが羨ましくて、すっごー……く嫌な女に見えるはず」

「……」

「自分自身の実力ではなく、夫の自慢をすることで優位性を取ろうとするのは、まさしく傲慢な悪女のすることではありませんか？　これなら目撃者もたくさんいますし、失敗もありません！」

「……」

メアリは自信満々だ。だが、エドガルドはまったくそれに賛同してくれる様子もなかった。

「目論《もくろ》みは現時点で失敗している」

「まあ、何故？」

「『呪われた』と称される俺の妻になることを、心底から羨む人間がいると思うのか？」

「？？？」

メアリは首を傾げたあと、ととっと彼の傍《そば》に寄り、長椅子の隣に腰を下ろした。エドガルドは長椅子の中心に座っていたので、メアリが隣に並ぶと狭い。

「……おい」

「どうしてそんなことを仰《おっしゃ》るのです？」

「……っ、待て。俺から離れろ」

彼が反対側にずれようとしてくれたのだが、メアリはずいっと距離を詰めた。

「まず、エドガルドさまのお顔立ちは端整です。こんなに美しいお顔の方、この世界には他に居ないのではないかしら」

「うるさい。お前に言われたくない」

「魔法の才能もあって、お体も鍛えていらっしゃる上、大勢の魔術師が雇われた悪徳領主のもとに単身で乗り込まれる豪胆さ！　頭脳明晰《めいせき》と名高いことは存じ上げておりますし、それに……」

神秘的な紫色の瞳を見上げ、メアリは微笑《ほほえ》む。

「それに、とてもお優しいですもの」

「……は……？」

心底から訳の分からないものを見る目を向けられたが、そんな顔をされても構わなかった。

「使い魔さんたちから聞きました。あの子たちは漫然とした魔力の塊として過ごしていた頃から、この世界の生き物や人が大好きだったと。いつか人と契約して実体を持ち、人と過ごすことを楽しみにしていたと」

　メアリが名前を付けた使い魔たちは、あの森で一生懸命に教えてくれたのだ。

「だけどあの子たちには、どうやら事情があるのですね？　時折自分たちの存在を感知できる魔術師に出会っても、とても契約してもらえなかったと悲しそうでした。けれども幼い頃のエドガルドさまは、大きな魔力の渦の中からあの子たちを見付け出して、契約をなさった……」

　それを話す使い魔たちの瞳は、きらきらと宝石のように輝いていた。

「契約の際、エドガルドさまが消費した魔力は膨大だったのだとか？」

「……どうだろうな」

　知らないことのようにエドガルドは言うが、使い魔たちの言葉が本当なのだろう。

「魔力が減って枯渇する感覚は、とても苦しいものですよね」

　大神殿で祈りを捧げる日々の中、メアリもそれを味わった。

　心臓が締め付けられる感覚や、燃えるような痛み。呼吸が出来ないまま指ひとつ動かせず、小さな頃はたくさん泣いたのを思い出す。

「私はそれがお役目でしたから、やらないという選択が出来ませんでした。しかしエドガルドさまはご自身の意思で、使い魔さんたちのために、何度もあの苦しみを……」

「……一体何を、言い出すかと思えば」

エドガルドは冷たい声で、メアリを見下ろして言った。

「使い魔のためにしたことではない。俺は俺の利のために、あれらが利用できると判断したから契約した」

「エドガルドさまほどのお力があれば、使い魔さんは不要のはず。ご自身の魔法でなんだって叶《かな》えられる、それがあなたの魔力ですもの」

メアリのこんな見解は、使い魔たちとも同意見なのだ。

『ご主人さまが僕たちに、何かをお命じになることは少ないです。せいぜい使用人としての働きくらいですが、そんな役割を命じるだけならば、もっと消費魔力の少ない使い魔で十分なんですよ』

『俺たちが他の誰とも契約できないから、ご主人が契約してくれてるんだ。仕事してないあいだは人の姿になって、人の街で自由に遊んでいいんだぜ！』

『あのね、あのね、人ね！　僕たちが話し掛けたらお返事してくれるのー！　ご主人さまが契約して、僕たちに実体をくれたから。うれしい、うれしい！』

切り株に座ったメアリの膝に集まった使い魔たちが、口々にそんなことを教えてくれた。

『ふふ。つまりエドガルドさまは、他でなかなか雇われるのが難しい人を、積極的に雇用してくださっているのね。……私のように』

それを聞いて、メアリは感じたのだ。

「エドガルドさまは、あなたの手を望んでいる相手に、きちんと手を差し伸べてくださるお方です。……そんなあなたの花嫁になることを、私は心から自慢出来ますよ？」

「…………っ」

エドガルドは顔を顰めたあと、額を押さえながらその声を絞り出した。

「だから、離れろと言っている……」

「わあ。そうでした」

メアリは思い出し、長椅子の一番端に移動した。

だが、そうやってエドガルドの負担にならなさそうな距離を置くと、今度は何処か不満そうなまなざしが向けられるのだ。

「……離れたら離れたで面白くない。くそ、厄介だな……」

「恋心って、とっても複雑なんですね……」

こんな大変な心情に叩《たた》き落としてしまい、申し訳ない気持ちでいっぱいだ。

エドガルドは額を押さえて俯きながら、掠《かす》れた声でこう言った。

「お前の策が効くとは思えないが、夜会については調整する」

「まあ、ありがとうございます！」

気合を入れるものの、エドガルドは疲れ切ってそれどころではなさそうだ。

（どうしてこんなにぐったりなさっているのかは、原因をお聞きするまでもないわよね）

そのことに胸が痛んだメアリは、そっとエドガルドに懇願した。

「お願いがあります、エドガルドさま。エドガルドさまの今日のお疲れを、私の治癒魔法で癒せないか、試してもよろしいですか？」

「……」

「効かないのは分かっているのですが、挑戦してみたいです」

そう提案すると、エドガルドは眉根を寄せる。

「……どうしてそんなことをする」

「だって、間違いなく私の所為ですもの……」

それを理解しているので、メアリはしゅんとして俯いた。

「領主さまのところに乗り込むのも、私を守りながらでした。エドガルドさまほどのお力をお持ちであろうと、強力な魔法を使えば魔力を消耗します。それなのに、私は上手に悪女が出来ず、エドガルドさまのお役に立てませんでしたから」

「……」

「挙句の果てにはティストの森に行かせていただき、私だけ魔力をたっぷり回復させてて。せめてその分は治癒魔法を使い、エドガルドさまをお助け出来なければ、なにひとつ私の存在価値が無く……きゃあ!?」

「――……」

メアリが悲鳴を上げたのは、転移魔法がいきなり発動したからだ。次の瞬間メアリの体は、エドガルドに横抱きにされていた。

「わああ、これがかの有名なお姫さま抱っこ……！」

びっくりして彼にしがみつきながら、ここがメアリの自室であることに気が付く。

エドガルドは、この部屋でいまのところ唯一の調度品である寝台に近付くと、メアリの体をぽすんと降ろした。

「エドガルドさま？」

「……」

彼の使った魔法によって、部屋のランプに次々と火が点《つ》いてゆく。

シーツへ仰向《あおむ》けに転がされたメアリは、ぱちぱちと瞬きを繰り返しつつ、メアリの横に手をついているエドガルドを見上げた。

「あの、どうかなさって……」

エドガルドの形良く大きな手が、メアリの頬に伸ばされる。

そして彼は、こんなことを尋ねてきた。

「神殿の連中はことあるごとに、お前に見返りを要求したのか？」

その問い掛けに驚いて、メアリは目を丸くする。

「それは、どういう……」

「……俺がお前を守るのは、何があっても当たり前のことだ」

「！」

エドガルドの指は、メアリのまなじりにやさしく触れる。

そこから頬に掛けてをやさしく辿《たど》りながら、彼は淡々とした声音で言った。

「そのことで、お前が俺に礼をする必要は無い」

「……エドガルドさま」

「ティストの森に行かせたのも、お前が魔力を消耗したのだから補わせたのに過ぎない。そのことに対し、自分ひとりだけが回復したという負い目を感じることも必要ないんだ」

　そう告げられて、メアリは息を呑《の》む。

　頭の片隅に思い出したのは、幼い頃から告げられていた言葉だ。

『お前に今日の休息が与えられたのは、クリフォード殿下のお気持ちによるもの。風邪を引いたお前を休ませるためにと、今月の寄付金を弾んで下さったのだぞ』

『……はい。司教さま』

『午前中だけは休むことを許す。午後になったらクリフォード殿下のお気持ちに報いるべく、殿下のレデルニア国の繁栄を重点的に祈るようにな』

　司教たちも、教育係も世話係もみんな、メアリに口々にこう教えた。

『メアリさまの衣服は紐《ひも》の一本に至るまで、各国からの寄付金で賄われているのです。感謝の気持ちを忘れずに。その分しっかりと、寄付金を払っている国々に豊穣をもたらしていただきますよう』

『怪我をした小鳥の治癒をしたいから、その分の魔力を取っておきたいだと？　何を甘えたことを言っている。自分の要求を相手に呑んでもらいたいのであれば、まずは自分の仕事を果たすのが先だろう』

そんな風に教わってきたことについて、深い疑問を持ったことは無かった。

『人に何かをしてもらいたいなら、まずお前がそれに見合う価値をこちらに示せ』

誰かに与えたときのみ、受け取ることが出来る。

受け取ってしまったのであれば、同じだけを返さなくてはならない。

だからメアリにとって、『雇う側』と『雇われる側』という考えはとても明瞭だ。

（エドガルドさまは雇い主。私に衣食住や金銭を提供してくださるのだから、私はそれに見合った働きをしなくてはならないはずで……）

けれどもメアリは失敗している。悪女の振る舞いが上手《うま》くいかなかったどころか、エドガルドに負担を掛けているのだ。

（契約通りの働きが出来なかった分、他の得意分野で貢献したかったわ。だけど……）

そのことに、どうやらエドガルドは憤っている。

「俺がお前を守ったのも、お前が少しでも早く回復するように動いたのも、何かの見返りを期待してのことではない」

その親指が、メアリの頬をあやすように撫《な》でた。

「ただ、お前が愛《いと》おしいからそうしている」

「…………っ」

彼の言葉に、メアリは思わず息を呑む。

「み……」

メアリはこくりと喉を鳴らしたあと、エドガルドをおずおずと見上げて尋ねた。

「魅了魔法は、それほどまでに……？」

「！」

すると、エドガルドははっとしたように目を見開く。

「……魅了魔法」

小さな声で呟いた彼は、ぐっと眉根を寄せてメアリを見つめた。

「そうだ。……そのはずだ。なのに、何故俺は……」

「……？」

何処か苦しそうな彼の様子に、メアリもなんだか胸が苦しくなる。

（こんなお顔をさせてしまうのも、やっぱり私の所為だわ。なるべくエドガルドさまに心労をお掛けしないよう、勉強しないと）

何しろメアリは人生において、神殿から出ることもほとんど無かった。世間を知らない自覚はあるので、それを学びで補わなくてはならない。

「エドガルドさま」

メアリはそっと手を伸ばし、エドガルドの頬をくるむように触れた。すると、エドガルドの肩が僅かに跳ねる。

「恋とは一体、どのようなお気持ちになるのですか？」

「……」

彼の心情を理解したくて、メアリは寝台に寝転んだまま小首をかしげた。

「……お前が俺に、それを言わせるのか？」

「ご、ごめんなさい……！」

ひとまずこれでひとつは分かった。

誰かに恋をしている場合、その相手に恋心について問われるのは、とても苦い心情になることのようだ。

「私、これまで生きてきた中で、どなたかに恋をしたことが一度も無いのです」

「……」

そう告げると、エドガルドの眉間の険しさが僅かに和らぐ。

「そうか」

（なんだかちょっとだけ、エドガルドさまのご機嫌が直られたような……）

それに気が付いて、メアリはその法則に思い当たる。

「私の過去のことを知ると、エドガルドさまは嬉しいですか？」

「俺の感情ではなく、魅了魔法の所為だ。……間違いなく」

「でしたらええと、元婚約者のクリフォード殿下との古い思い出について……」

「その話はまったく聞きたくない」

「む、難しいです……！」

やはり恋心とは複雑だ。想像だけで判断すると、エドガルドにまた迷惑を掛けてしまう。

「教えてください、エドガルドさま」

「――――……」

そう懇願すると、エドガルドは言葉に詰まった様子で顔を顰める。

「恋というものは、一体どのようなお気持ちになるのでしょう……？」

「……っ、くそ……」

エドガルドは観念したかのように、何処か自棄《やけ》になった様子で口を開いた。

「――そんなものは、俺自身にも分からない」

「分からない？」

意外な答えが返ってきて、メアリは彼の言葉を繰り返す。

「俺だって、他人に心を奪われたことなどは、一度も無かった」

「…………」

シーツに散らばったメアリの髪を、エドガルドの綺麗《きれい》な指が梳《す》く。

「少しでも気を抜けば、お前のことしか考えられなくなるんだ。お前の笑った顔を見て、それ自体に何かままならない苛立《いらだ》ちを感じもすれば、同時にもっと見ていたくもなる。お前を傍に置くのは耐えられないが、離しておくのはもっと耐えられそうにない」

エドガルドが教えてくれたのは、矛盾しているようにも感じられる感情だ。

けれども彼のまなざしが、その焼け付くような真摯さを物語っている。

「お前の声が、俺に向けられるのが心地良い。……それなのに、いますぐにでも俺の名を呼ぶなと命じて、そのくちびるを無理矢理に塞いでやりたくもなる」

「！」

そう告げられて、メアリの心臓がどきりと跳ねた。

「頭では馬鹿げていると思うが、理屈ではどうやってもねじ伏せられそうにないんだ」

「エドガルドさま……」

紫色の瞳には、さまざまな強い感情が揺らいでいる。

「こんな滅茶苦茶な感情など、自分自身で理解できるはずもないだろう」

エドガルドは、メアリが寝台の上に投げ出していた無防備な手を取ると、彼自身の指を絡めながら言った。

「……掻《か》き乱される、としか言いようがない」

恨みがましそうな響きを持つのに、メアリへの憎しみなど感じられない声音だ。エドガルド自身が振り回されているその感情に、メアリも落ち着かない気持ちになってしまう。

「私に、ですか……？」

「他に、誰がいると思っている」

エドガルドの美しい双眸《そうぼう》は、本当にメアリのことしか見ていなかった。

「お前の所為だ」

「…………っ」


真《ま》っ直《す》ぐな言葉が、メアリの鼓動を大きく揺らした。

心臓の辺りが苦しくて、きゅうきゅうと締め付けられるようだ。

(これは、魅了魔法の力)

メアリが使ってしまった魅了魔法が、エドガルドに迷惑を掛けている。すべてがエドガルドの本意の感情ではなく、メアリによってもたらされた偽物のはずだ。

(分かっているわ。……けれど、それでも)

こんなに強い感情を、誰にも向けられたことは無かった。

聖女としてのメアリにではなく、メアリ自身に向けられた、生まれて初めての鮮烈な想《おも》いだ。

それを真っ向から受け止めて、少しだけ泣きそうになってしまった。

魔法の効力が切れたとき、終わってしまうものだとしても。


「……メアリ」

「!」

エドガルドが、初めてそんな風にメアリを呼んだ。

彼は目を眇めると、言い聞かせるような囁《ささや》きを零《こぼ》す。

「これで分かったか？　俺は、お前に掻き乱された俺の気が済むように、お前を守り休ませている。お前がそれに報いるような必要は無い」

「ですが……」

エドガルドにそう言われても、メアリはなんとなく落ち着かない。

「私の魔法で、エドガルドさまに元気になっていただきたいです。今のこの感情は、私が先ほどまで感じていたような、『していただいたから返さねば』という思いとは違っているかもしれません」

「……」

「上手くは説明出来ないのですが……エドガルドさまがお疲れのご様子を見ていると、それをなんとかしたくなってしまって」

第一に、森でたくさん休養を取ったのだから、これくらいは本当になんでもないことなのだ。

「エドガルドさまのお疲れを、私が癒して差し上げたいと感じるのは、ご迷惑なことですか……？」

「……」

エドガルドはぐっと眉根を寄せたあと、低い声でこう紡ぐ。

「いま俺の疲れが癒えれば、すぐさま神殿を襲撃しに行くぞ」

「えっ!?」

「なにせ、はらわたが煮えくり返っているからな」

紫の瞳に映り込むランプの灯が、怒りの色を燻《くすぶ》らせて揺れる。

「――……よくも俺の妃に対し、粗末な扱いをしてくれた」

「エドガルドさまにお会いする、それよりもずっと前の出来事ですのに……!」

本当に大神殿を破壊しかねない雰囲気だ。エドガルドは、もう一度メアリの頬を撫でる。

「もう眠れ。……いいな?」

彼がメアリをこの部屋に転移させたのは、メアリを休ませるためだったのだろう。

「はい。エドガルドさま」

素直にそう頷くと、エドガルドは寝台から一歩離れた。

「エドガルドさまも、すぐにお休みになってくださいね」

「……分かった」

メアリを見ずにそう返した彼の姿は、次の瞬間に転移で消える。メアリは身を起こし、ナイトドレスに着替えてもう一度寝台に潜り込んだ。

「……」

左胸には、先ほどの苦しさと温かさがいまも残っている。

その感覚ごと上掛けを抱き締めるうち、いつしか眠りについていたのだった。

それから数日後、メアリの部屋にたくさんの豪華な調度品が運び込まれたあとの夜に、メアリの希望した夜会へと参加出来ることになった。

シュニに手伝ってもらいながら、夜会のための装いを整えて薄化粧を施す。やがてノックの音が響き、廊下からエドガルドの声がした。

「メアリ」

「はい、お待たせしました！」

ちょうど支度を終えたメアリは、立ち上がってエドガルドを迎える。

シュニが開けた扉の向こうには、正装の軍服とマントを纏い、いくつもの勲章をつけたエドガルドの姿があった。

「まあ。エドガルドさま、そうした厳格な装いもよくお似合いで……」

「…………」

「あら？」

エドガルドの渋面に気が付いて、メアリは首を傾げる。

いまのメアリの装いは、薄紫色の髪によく映える紺のドレスだ。

エドガルドの髪が黒色の夜なので、その隣に並ぶメアリが新しいドレスを纏うならば、夜の始まりのような深いブルーにしようと考えた。

　裾にいくにつれて黒色に移り変わるグラデーションは、陽《ひ》が沈み切った直後の夜空を思わせるものである。

　それでいて重苦しく感じないのは、ドレスの生地自体が軽やかで、裾もふわふわとしたものだからだろう。

　首から鎖骨、肩口が開いているデザインだということもあり、肌が見えている部分とのバランスが絶妙だ。

　身に着けている首飾りや耳飾りは、良質で小粒な宝石を使用しており、上品な輝きをもたらしてくれていた。

（つい昨日、この領地の商会長が訪ねていらして、私への挨拶にと献上して下さったドレスと宝飾。調整せずに着れそうだったから、早速纏ってみたけれど……）

　エドガルドがメアリを見る表情は、とても苦々しいものだ。

「ど、どうかなさいました？　ひょっとして、何かおかしかったでしょうか!?」

「違う」

　エドガルドは地を這《は》うような低い声で、メアリに説明してくれた。

「お前の見目があまりに良いので、それを忌々《いまいま》しく思っている」

「そ、それは一大事ですね……!?」

　なんという複雑な心情だろうか。エドガルドはメアリから視線を外し、扉の横で頭を下げているシュニを見下ろした。

「使い魔。このドレスを仕立てた職人、並びに生地を織った者から糸の生産者に至るまで、すべての関係者を洗い出すよう他の使い魔に命じろ。見つけ出し次第その功績を讃《たた》え、その者の両手から溢れる量の金塊を渡せ。宝飾もだ」

「仰せの通りに、ご主人さま」

（エドガルドさま、お気を確かに……!!）

　どう見ても魅了魔法による思考だが、いまは黙っておくことにした。

（魅了魔法の所為であろうとも、職人さんたちが褒賞を得られるのは良いことだものね。ここは何も言わずにおきましょう。夫に言うべきことを言わずに黙っておく、これぞ『怠惰』の悪女としての振る舞い……我ながら、なんという悪女なのかしら！　ナイス悪女！）

「……？」

　自信満々のメアリのことを、エドガルドが少々警戒した目で見ているが、そのことにメアリは気付かないのだった。

「それではエドガルドさま、参りますか？」

「待て。当然だが、夜会ではずっとお前の傍に居られる訳では無い」

　確かにエドガルドの言う通りだ。夜会という公の場になれば、彼がメアリから離れなくてはならない場面も出てくるだろう。

「ティストの森にお前を行かせている間、何をしていても気が気では無かった。最低限、お前の護身方法については考えておくぞ」

「ですがシュニからのお話によると、夜会の会場には結界も張られているし、警備の方もいるのですよね？　それほど心配していただかなくとも、そこまでの危険は無いような……」

　何の気も無しにそう言うと、エドガルドは顰めっ面のまま当たり前のように返してきた。

「……お前、夜会のあいだ中、ずっと俺の腕に抱えられていたいのか？」

「な、なんとか致しましょう！」

　そんな状況のエドガルドが、途中で我に返ってしまったら可哀想すぎる。メアリがこくこく頷けば、エドガルドはじっとこちらを観察するように覗き込んできた。

「それだけ潤沢な魔力があれば、攻撃魔法くらいは当たり前に使えるだろう。これまでに経験は？」

「神殿の決まりでは、聖女は攻撃魔法を使うことが許されていません。神に反する行いだからということを説かれていましたが、真の目的は聖女から武力を取り上げて、神殿に反抗出来ないようにするためかと」

　メアリもそれくらいは分かっていたが、攻撃魔法を使いたいと思う場面も無かったので、その教えに逆らうことはしなかったのである。

「……待っていろ。神殿をいつ滅ぼすかは、最も効果的な機会を検討している」

「ですからそれ、実行すると世界各国の報復を受けてしまいますので！」

「まあいい。ひとまず念のため、攻撃魔法を習得しておけ」

エドガルドは言い、手のひらを上にしてメアリの前に差し出す。そこにぼんやりと浮かんだ魔法陣は、繊細な魔法式で描かれたものだった。

「この魔法陣は、エドガルドさまが考案したものですか？」

「考案というほど大袈裟《おおげさ》なものではない。適当に組み上げたらこうなった」

「改めて、天才的な思考をお持ちですね……」

魔法を発動させるには、体内に流れる魔力があることは大前提の上で、その魔力を一定の法則に従って構築する必要がある。その法則を式にしたものが、魔法陣だ。

「式の内容を説明する。まず……」

「いえ。恐らくは、理解できたと思います」

「！」

メアリは目を瞑り、魔法陣から読み取ったことを頭の中に思い描いた。

「これは炎の魔法陣ですよね？　初級のもので、威力が弱い代わりに消費魔力も少ないもの。正しいですか？」

「……筆頭聖女が、攻撃魔法への才もあるとはな」

エドガルドはシュニを見遣《みや》り、彼に命じる。

「窓を開けろ、使い魔」

「はい、ご主人さま」

「メアリ。窓の外に向けて、試しにその魔法陣を撃て」

「分かりました、頑張ります！」

メアリは張り切って窓辺に立ち、手のひらを外に向けた。

ここは城の中でも高い場所にある部屋で、窓の近くには何も無い。初級魔法程度の火が出ても、誰かに迷惑を掛けることは無いだろう。

「では参ります。せえの……っ」

目を瞑り、脳裏に魔法式を描いてゆく。

それに合わせて魔力を練り、すべてが上手く噛み合った瞬間、メアリは目を開いて前方を睨《にら》んだ。

その、次の瞬間だ。

「――――っ!!」

ごおっと凄《すさ》まじい音を立てて、炎の濁流が噴き上がった。

「え……」

「…………」

ぽかんと口を開けたメアリの後ろで、エドガルドが眉根を寄せたような気がした。

周囲の空を飛んでいた鳥たちが、突然の炎に驚いて旋回する。炎はすぐに消えたものの、いまの火柱はどう見ても、初級魔法の火ではなかった。

「ごめんなさい！　おかしいですね、教わった式の通りなはずなのですが……!!」

「め、メアリさま。どうやらまだ攻撃魔法に不慣れでいらっしゃるため、最大出力で魔法が発動してしまったようです」

せっかく教えてもらったものの、これでは使う機会も訪れそうにない。

たとえ夜会で何か危険があったとしても、問答無用でその相手が焼き尽くされてしまう魔法など、そうそう発動できるはずもなかった。

「エドガルドさま……」

「…………」

けれどもエドガルドはメアリを見たあと、視線を逸《そ》らしてからしれしれと言う。

「……これで『最低限』身を守る手段が身についたな。この程度ではまだ安心してひとりに出来はしないが、それでも無いよりはましだ」

「いえ!!　最低限どころか過剰すぎて、むしろどうにもならないのですが!!」

こうしてメアリは、なんだか火魔法を覚える前よりも心配事が増えた気持ちで、いよいよ夜会会場に転移したのだった。

夜会の会場に到着したとき、メアリは心の中でひっそりと感動していた。

目の前に広がっていた光景が、『夜会』というものについて本で読んだときの想像よりも、ずっと華やかなものだったからだ。

エドガルドの腕にちょんと摑まって、エスコートされながら、桃色をした瞳を輝かせる。

（まあ……）

シャンデリアの光がきらきらと瞬く会場内は、着飾った男女に埋め尽くされて、さまざまな色彩に溢れかえっていた。

楽団によって奏でられる音楽の中、みんながその手にグラスを持っている。会場内のあちこちに設けられた円卓には、美味《おい》しそうな飲み物や軽食が並べられていた。

「これが夜会というものなのですね……！　とても心がわくわくします。あれはなんでしょう？　見たことのないお菓子……」

「まさかケーキを知らないのか？　あの白いのが生クリーム、黒いのがチョコレートだ」

「あれが本物の『けーき』さま！　そして噂に聞く『なまくりーむ』さまに、『ちょこれーと』さま……！　アイスクリームとは違うのですね！」

後で絶対に食べてみたいと思いつつ、まずは役割に集中する。

「会場内にいらっしゃるのは、主に十代後半から二十代前半の男女ですね。さすがはエドガルドさま。女性がたくさん参加なさっている夜会がいいという、私の計画にぴったりな場をありがとうございます」

「……」

シュニいわく、エドガルドのもとには日々夜会の招待状が届いているらしい。基本的にエドガルドは参加しないそうなので、参加者にとっては珍しい出来事のはずだ。

とはいえその物珍しさ以外にも、メアリたちが注目を集める理由がある。

参加者たちはこちらを遠巻きにしつつ、どこか青褪《あおざ》めた顔をしていた。

「皆さまとても怯《おび》えていらっしゃるのは、エドガルドさまが怖いお顔をされていることも一因のようなのですが……」

「……俺の腕に掴まっているお前が可愛いので、それに耐えている」

「しかめっ面の理由が公表できたら、きっと皆さんご安心くださいますのにねえ……」

しみじみ残念に思うのだが、魅了魔法によってメアリにめろめろになってしまっているのは、エドガルドにとって不名誉なことだ。

第一、彼は王にならないために様々な手段を講じているので、怯えられたままで都合が良いということなのだろう。

「エドガルド殿下が、何故このような夜会の場に……？」

「つい二週間前も、殿下によって建国から続く名家が没落してしまったばかりだというのに。路頭に迷ったシュレー一族が自死を選んだことに、なんの罪悪感もお持ちでは無いご様子だわ」

楽団による演奏に掻き消され、彼らが何を話しているのかが聞き取れない。しかし、エドガルドの方に向けられるまなざしによって、噂話の内容は想像がつく。

（噂をされているのは、エドガルドさまだけではないわね）

彼らの視線は、メアリの方にも向けられている。その内容がどんなものかも、聞かなくてもよく分かった。

「あれが、神殿を追放された『悪女』……」

「……」

エドガルドのまなざしが、先ほどまでよりもひときわ冷える。

メアリはそんな彼を見上げ、微笑んで告げた。

「嬉しいですね。エドガルドさま」

「……メアリ？」

周囲の物言いたげな視線を浴びながら、メアリは小首をかしげる。

「どうかなさいましたか？　私が悪女だという噂が巡るのは、エドガルドさまの望まれるところですよね……？」

「！」

そう尋ねると、エドガルドははっとしたように目を見開いた。

「……その通りだ。なのに、なぜ俺はこんな苛立ちを……」

（なんだかお悩みのご様子になって、ますます近寄り難い雰囲気だわ）

この会場にいる男性陣は、エドガルドの顔色を窺《うかが》っている。表情も体も強張《こわば》っており、緊張と恐怖が見て取れた。

けれども対する女性陣が持つのは、エドガルドに対する恐怖ばかりではないようだ。

（女性たちのあのまなざし。怯えの他には、私への嫌悪感……見下しと、怒りのようなものが見えるわね）

やはりメアリの読み通り、彼女たちはエドガルドの妃の座を欲している。メアリが妻の立場を自慢すれば、さぞかし悪女めいた振る舞いに見えるだろう。

「エドガルドさま。早速ですが私、女性たちのお喋りの輪に入って自慢をして来ようと思います」

「……」

「なのでその。摑んでいらっしゃる私の手首を、離していただきたく」

メアリの手が捕まえられてしまったのは数秒前、エスコートをしてくれるエドガルドの腕から手を離そうとした瞬間だ。

「分かっている」

エドガルドは、自分がしっかりと摑んでいるメアリの手を見下ろして、とても難しい顔をした。

「……分かってはいる……」

「やっぱりお可哀想なエドガルドさま……！」

エドガルドがメアリの手を捕まえているところを、周囲の人々がざわつきながら見ている。ここから離してもらえるまでには、たっぷり二十秒以上を必要とした。

「とっても怖いですね。魅了魔法……」

「恐ろしいな。本当に」

ふたりでしみじみ言い合ったあと、メアリはエドガルドの瞳を見上げる。

「それでは、行ってまいります！」

「……」

エドガルドの周りには、さまざまな人たちが集まり始めていた。

完全に怯え、エドガルドの顔色を窺っている彼らだが、やはり社交上は目通りをしておきたいのだろう。

（エドガルドさまに、ああした余計なご負担を掛けているのだもの。きっちり働かないと）

気合を入れ、きりっと前を向く。


（――いざ、尋常に悪女!!）


張り切って歩を進めたメアリだが、次の行動にはいささか迷う気持ちもあった。

（これから私がやろうとしていることは、大変な悪事だわ）

その自信があるからこそ、胸が痛みもする。

（なにせ、夜会の場で楽しんでいらっしゃる女性たちのところにわざわざ行って、嫌な気持ちにさせて帰ってくるという非道な所業……！）

それがあまりにも申し訳なさすぎた。そんなメアリが会場内を歩いていると、大きな声が聞こえてくる。

「貧乏人がこんな場にやってくるなんて、恥ずかしくないのかしら！」

（あれは……？）

声が聞こえてくるのは、会場を出た先のバルコニーのようだ。

メアリがそっと覗き込んでみれば、夜会の華やかな光の影で、ひとりの少女を複数人が取り囲んでいた。

「見てよ、ろくに手入れもされていなくてぼろぼろの指。髪をセットするどころか、化粧もろくに出来ないくらい貧しいのに、人前に出る勇気を讃えるわあ」

「ドレスだけは手の込んだ刺繍《ししゅう》だけど、それが却《かえ》ってみっともないわ。全体の調和って大事だと思わない？　たとえばそう、夜会の参加者に場違いな人間がひとりでもいると、全員の質が落ちるのと同じね」

「う……」

みんなに囲まれている茶髪の少女は、小柄で華奢《きゃしゃ》な体型だ。

恥ずかしそうに背を丸めた彼女は、確かにほとんど着飾れていない。他の少女たちはその少女を笑い、ひどい言葉を投げ付けているようだった。

「いいこと？　私たち、今日はメアリさまと親しくなって帰らねばならないの。ひょっとしたら、そこからエドガルド殿下と繋がる機会が生まれるかもしれないのだから」

「なにせメアリさまは、贅沢の限りを尽くして神殿を追放されたのよ？　あなたみたいな貧乏臭い人間が居たら、親しくなる計画に支障が出るの」

（……どうやら）

彼女たちの会話を聞きながら、メアリは気が付く。

（エドガルドさまの妻の座を自慢するよりも、よほど明白な悪事が見付かったわね）

メアリは方向転換をして、彼女たちの方に足を踏み出した。

「！」

バルコニーにこつりと靴音が響けば、少女たちが一斉に振り返る。

「あなたは……」

「初めまして、皆さま」

メアリの姿を見付けた彼女たちは、一瞬だけ表情を強張らせた。

「……っ」

メアリが微笑み掛けると、彼女たちは引き攣《つ》った笑みを浮かべる。その中のひとりが、ぎこちなさを取り繕うかのように口を開いた。

「め……メアリさま！　は、初めまして。お目に掛かれて光栄ですわ！」

彼女の言葉を皮切りにして、少女たちは口々にメアリへと挨拶を述べる。

「今宵《こよい》は、その、良い夜ですわね。メアリさまにおかれましては、ご機嫌麗しゅう」

「私たち、メアリさまと是非ともお話ししたくて、今日を楽しみにしておりましたの！」

少女たちは慌てた様子で、メアリの周りを取り囲む。

そんな中、他の少女たちにひどいことを言われていた茶髪の少女だけは、俯いたままだ。

「わたくしの父が、今日は必ずやメアリさまと仲良くなって帰るようにと申しておりまして！」

「私もですわ。もちろん父に言われなくとも、メアリさまとお近付きになりたいと願っておりましたが」

「ええ、ええ。なにせメアリさまは、王太子妃となられるお方ですもの！」

「エドガルド殿下がご婚約を発表されるなんて、驚きました。どのようにして殿下の御《み》心《こころ》を射止めたのか、あちらで是非……！」

少女たちはそんなことを言いながら、メアリを会場へ誘導しようとする。

「皆さま。実は私……」

メアリは微笑みを浮かべたまま、彼女たちに告げた。

「弱い者いじめというものを、してみたいと思っておりますの」

「え……？」

その言葉に、周囲の少女たちは一瞬ぽかんとする。

一度後ろを振り返り、俯いている茶髪の少女を見遣ったあと、少女たちは一斉に緊張を解いた。

「……なあんだ、そうでしたの！」

一気にその場の空気が緩み、彼女たちは胸を撫で下ろす。

「もしや誤解でもあったかしらと、思わずどきどきしてしまいましたわ。メアリさまもやはり、貧乏人なんてお嫌いですよね？」

「不快なお気持ちになられたのなら、是非ともこの貧しいアイリーンに直接お言葉をぶつけてやってくださいませ。すっきりいたしますよ？」

「う……」

アイリーンと呼ばれた茶髪の少女は、俯いたまま震えていた。

（……『弱い者いじめ』なんて悪事があるなんて、盲点だったわね）

メアリは浮かべていた笑みを消し、すっと目を細める。

少女たちはすかさず左右に分かれ、メアリに対して道を空けた。その先で俯いて震えているアイリーンのことを、メアリはじっと見つめる。

（これぞまさに、傲慢な悪女の行いのはず）

メアリがアイリーンの前に立つと、彼女はびくりと肩を跳ねさせる。メアリがどんな言葉をアイリーンに向けるのか、少女たちは楽しそうに見守っていた。

「さあどうぞ、メアリさま。アイリーンに向かって、『弱い者いじめ』をなさって下さいませ」

「アイリーンをこの夜会から追い出したら、私たち仲良くいたしましょう？」

くすくすという笑い声を聞きながら、メアリは口を開く。

「……先ほどから、とっても不思議だったのですけれど」

そう口にして、メアリはくるりと振り返った。


「――あなたたちは、どうしてアイリーンさまの方が弱者だと思い込んでいらっしゃるのですか？」


「え……」

その瞬間、少女たちの顔から笑みが消える。

「アイリーンさまはきっと分かっていらしたはず。この夜会に出ればきっと、皆さまのような方々に辛《つら》い思いをさせられると……それでもこの場にいらっしゃるのは、何か事情がおありなのでしょう？」

「！」

メアリが振り返ると、アイリーンは驚いたように目を丸くした。

「わ、私……。その、家のために、夜会でどうしても結婚相手を……」

「守りたいものがあるから、ご自身を犠牲にしてでも夜会という戦場にいらしているのですね。そんなアイリーンさまは弱いどころか、とても強いお方ではありませんか」

「……！」

その言葉に、アイリーンの瞳が揺れる。

メアリはもう一度前を向き、アイリーンを背中に隠す形で、周囲を取り巻く少女たちを見据えた。

「一方であなた方は徒党を組み、アイリーンさまにひどい言葉を投げ付けていらっしゃいました。私と親しくなるという目的をお持ちにもかかわらず……そんなあなた方こそが弱者であるのだと、私はそう判断します」

「な……っ!?」

少女たちは目を見開き、メアリの言葉に絶句する。

「私のやりたいことは、悪女にふさわしい『弱い者いじめ』です。お友達になりたいと言ってくださるお相手を拒むのは、立派な意地悪ですわよね。……ねっ？　アイリーンさま」

「えっ!?　えっと、あの、そうですね……!?」

「よかった。では私、ここに宣言いたします」

少女たちをきっと睨み付け、メアリは高らかに告げた。

「弱い者いじめの精神に則《のっと》りまして。――私は、あなたがたのお友達になどなりません！」

「……………」

しん、とその場が凍り付く。

メアリはその張り詰めた空気に、内心で満足感を感じていた。

（どうかしら、私の感じの悪さときたら……！　これはなかなかに悪女得点の高い、優秀

な振る舞いだったのでは!?)

とはいえ、気を緩めてもいられない。

「な……っ」

メアリに弱い者いじめをされた少女たちは、しばらく呆然《ぼうぜん》としていたものの、やがて強い力でメアリを睨み付けた。

「なんなのよ、あなた……」

向けられたのは、強い怒りの感情だ。

「こっちが下手に出ていたら、良い気になって……!」

少女のひとりがそう叫べば、周りの少女たちも同調して口々に声を上げた。

「そうよ! 神殿を追放された、出来損ないの聖女のくせに!」

「あなたの悪評、あっという間に広まったのをご存知《ぞんじ》? こんな人が世界の豊穣を祈っていたなんて、とても信じられないわ」

先ほどまでの引き攣った笑みや、嘘《うそ》しかない愛想笑いとはまったく違う。そこに込められているのは、間違いなく本物だと分かる感情だ。

「エドガルド殿下の婚約者におさまったのも、一体どんな手段を使ったのかしらね。どうせ何か卑劣な手段や、おかしな魔法でも使ったのでしょう?」

(まあ。正解だわ)

「め、メアリさま……!」

　後ろのアイリーンが、震える声でメアリを呼ぶ。

「い、いけません、皆さんがお怒りです……！　私のことは大丈夫、ですから」

「アイリーンさま」

「巻き込むわけには……ど、どうかホールへお戻りを……。私の所為で本当に、本当にごめんなさい……！」

　真っ青な顔色で震えるアイリーンは、それでも勇気を振り絞ってくれている。

　メアリは彼女を見下ろして、柔らかく微笑んだ。

「ご安心を。これは、私の目的のためですから」

「も、目的？」

「ちょっと、聞いているの!?　……ああもう、我慢ならないわ……!!」

　メアリが意に介さないままでいると、少女たちはいよいよ怒りを抑えられなくなったようだ。

「来なさい、使い魔!!」

「！」

　ごうっと強い風が吹いて、少女のひとりの魔力が溢れる。その光の中心には、一匹の狼《おおかみ》が形を成していた。

「ぐるるる……」

「ひっ」

大きな唸《うな》り声を上げながら、狼が身を低くする。アイリーンはますますそれに怯え、体を縮こまらせた。

「アイリーンさま、あなたこそホールの方へお逃げになって」

「っ、ですが……！」

メアリは狼を観察しながら、結界魔法をさりげなくアイリーンに施す。そんなメアリの方を見て、少女は高らかな笑い声を上げた。

「どうかしら私の使い魔は！　恐ろしいでしょう？」

（使い魔に狼の姿をした子がいるなんて。とても可愛い……！）

「これほどの強力な力を持つ使い魔など、あなたは見たことも無いでしょうね！」

（使い魔の使役に関する魔法も、神殿では禁止とされていたもの。そうした本もあまり読ませてもらえなかったから、実物を見られるのは新鮮だわ）

だが、そんなメアリと少女を見て、真っ先に他の少女たちが顔色を変えた。

「ね、ねえミランダさま。さすがに使い魔はちょっと……」

「なによ、あなたたちまで私に逆らうの⁉」

「そういう訳では……ですが夜会会場でこんな騒動を起こしてしまっては、わたくしもお父さまに叱られてしまいます」

「っ、まるで私が悪いみたいに仰るのね‼」

ミランダと呼ばれたその少女は、自身の友人をも睨み付ける。

「悪いのはこの人たちでしょう!?　貧乏人のくせに不釣り合いな夜会なんかに来たアイリーン！　最悪な人間のくせに聖女なんて名乗っていた挙句、エドガルド殿下の婚約者におさまった身の程知らずなメアリさま!!　だから私は……！」

「み、ミランダさま!!　それ以上は……」

「使い魔。さあ、思い知らせてやるのよ！」

狼の姿をした使い魔は、ますます大きな唸り声を上げる。メアリは身構える狼に対峙《たいじ》しながら、魔法を発動する準備を始めた。

（あの使い魔さんがこちらに襲い掛かってきたら、手すりの外側——……何もない宙に向かって、火魔法を放ちましょう）

出発前の場面を思い出す。あれほどの炎が噴き出せば、使い魔は怯えて足を止めるだろう。

（夜会会場で火柱を出すのは、れっきとした悪女だもの。これに成功すれば完璧な悪女として、エドガルドさまとの雇用契約も果たせるはず……）

計画の成功を思い描きながら、メアリはタイミングを見計らった。

「行きなさい、使い魔！」

「————……」

ミランダの命令によって、狼がバルコニーの石畳を蹴ろうとする。だが、その直後だった。

「……？」

メアリが火魔法を放たなかったのは、狼が足を止めたからだ。

それどころか狼は身を竦《すく》め、怯えたように後ずさる。不思議に思って瞬きをしたあと、メアリはそこで気が付いた。

「シュニ？」

「お下がりください、メアリさま」

いつのまにかメアリの後ろには、真っ白な使い魔の少年が居たらしい。

その隣には真っ赤な使い魔の少年も居て、ふたりでゆっくりと歩を進める。メアリは彼らの姿を見て、ぱちぱちと瞬きを繰り返した。

「メアリ。あとは俺たちに任せてくれるか？」

「フラムまで。一体どうし……」

「ま……っ」

メアリの声を遮ったのは、ミランダの震える声だった。

「まさか。まさか、その使い魔は……」

「え？」

ミランダはシュニとフラムの姿を見て、一気に顔色を青くする。

「人型の使い魔。つまりはただの魔力の塊ではなく、精霊とも呼べる神秘的な存在……！」

「え？」

「しかも、髪と瞳の色が同じ!?　その特徴が意味することなんて、ひとつしかない……!!」

未知のものを恐れるまなざしが、メアリを守るように立つシュニとフラムに注がれている。

メアリだけがきょとんとしている中、ミランダの怯えた声が響いた。

「この世界の魔力の根本を司《つかさど》る、最上位級の精霊たち……この世界で最強の、普段は人の目にすら触れない大精霊!!」

「……え……」

「それが、どうしてメアリさまを守っているの……!?」

ミランダのそんな言葉に、誰よりも驚いたのはメアリである。

メアリは完全に絶句して、足元の小さな使い魔ふたりを見下ろした。

（……ええええええ――――……っ）

ミランダの呼び出した狼は、もはや震えながら尻尾を巻き、お腹《なか》を見せて完全服従の体勢を取っていた。

（完全に、『夜会会場で火柱を出した悪女』になる機会を逃してしまったわ！）

使い魔に詳しくないメアリだって、シュニたちの正体の凄《すご》さは分かる。

（大精霊とはもしかしなくとも、この世界で最も神に近いとされる『始まりの精霊』たちのことでは？　この子たちが大精霊……まさかエドガルドさま、そんな規模の精霊たちを使い魔として使役なさっていると!?）

ミランダは先ほど、『大精霊とは髪の色と瞳の色が同じである』という意味合いのことを言っていた。そして、ティストの森でメアリが名前を付けた使い魔たちは、全員が同じ髪色と瞳の色だ。

人が大好きな使い魔たちは、『事情があって普通の人間とは契約できない』と嘆いていた。それは当然で、神に近い力を持つ大精霊と契約を交わして使役できる人間など、他に居るはずもない。

(エドガルドさま……!)

たったひとりの例外を思い浮かべ、メアリはそのとんでもなさに驚いた。そうこうしている間にも、シュニとフラムは少女たちのことを見据えている。

「おいシュニ、お前って獣型は服が汚れるから嫌いだったよな? なら俺はこっちの狼を相手にするぜ」

「任せましたフラム。僕はこちらのお嬢さん方が、二度とメアリさまに逆らう気が起きないよう対処します」

「きゃ……っ」

そう言って一歩を踏み出そうとする使い魔に、ミランダたちが怯えて身を竦める。メアリはすかさず手を伸ばし、使い魔たちを呼び止めた。

「待って、ふたりとも!!」

「!!」

ぎゅむっとまとめて抱き締めると、シュニとフラムは不服そうにこちらを振り返る。

「どうしたんだメアリ。この先のことは心配するなよ、俺たちがさっさと片付けてやるから」

「駄目よフラム、あなたたち目が据わっているもの！　狼さんやあちらの方々に何かするつもりでしょう!?」

「行かせてくださいメアリさま。ああいう手合いは放置してしまうとよくありませんから、ここで徹底的に思い知らせてやらなくては」

「シュニ……！　あなたいつもは澄ましているのに、こういうときはフラムよりも過激なような！」

そうやってわあわあと攻防しているのを、ミランダたちは唖然《あぜん》としながら見詰めている。

「あ、あの人一体なんなのよ……!?　大精霊さまに恐れ多くも触れるどころか、なんだか言い争ってない!?」

けれども彼女たちの怯えなど、いまのメアリには目に入らない。

「とにかくフラム、あの狼さんに何かしては駄目！　使い魔がすることは全て、主に命じられただけなのだもの」

「メアリ……」

同じ使い魔の立場であるフラムは、その言葉に渋々と頷いた。

「分かった。メアリがそうやって使い魔にやさしくしてくれるなら、俺も従う」

「よかった、それからシュニ。あなたたちは人が好きなのでしょう？　いくら私を心配してのことだとしても、シュニの本質に背くようなことはしなくていいの」

「……メアリさま」

「誰かひとりでも傷付けてしまうと、今後は他の人にも怖がられてしまうわ。私は可愛いシュニたちが、人に怯えられているところなんて見たくない」

「……！」

シュニは目を丸くしてメアリを見上げたあと、そのまましゅんと俯いた。

小さな使い魔たちが項《うな》垂《だ》れるので、メアリは愛らしいつむじを見下ろす。

「分かってくれたみたいでよかった。ここであなたたちが騒ぎの中心になるのは、エドガルドさまにとっても本意ではないでしょうし……」

「……メアリ」

「メアリさま」

「？」

再びメアリを振り返った使い魔たちが、ふるふると首を横に振る。

「それについては誤解です。僕たちはなにも、独断であなたを守りに来たのではありません」

「え……」

「むしろれっきとした命令だぜ。メアリは自分がどれだけ愛されてんのか、いまいちピンと来てないんだな」

「え？　そ、それはどういう」

「騒ぎを起こさないためにという観点であれば、メアリさまは僕たちを止めない方がよかったかもしれませんね」

その瞬間、バルコニーの空気がいきなり冷えたような錯覚を抱いた。

「メアリさまに関することでは、大精霊などよりも余程恐ろしいお方のお見えです」

「……あ……」

こつりと刻まれた靴音が、やけにはっきりと響き渡る。

メアリを取り巻いていた少女たちも、その不穏さを感じ取ったのだろう。真っ青になったミランダのくちびるが、冬のさなかのように震えていた。

「な、なに……？　これは一体……」

ミランダたちは身を寄せ合い、硬直したままさらに怯え始める。何かが近付いて来ているのは分かるのに、振り返って確かめる勇気が出ない、そんな顔をしていた。

そこに現れた男性は、とても美しい姿をしている。

シュニとフラムがメアリの腕から離れ、バルコニーの石畳に跪《ひざまず》く。大精霊を傅《かしず》かせた青年は、紫色の瞳で静かにメアリを見下ろした。

「エドガルドさま……」

煌《きら》びやかなホールの喧騒《けんそう》を背にしながら、エドガルドは目を眇める。ミランダの使い魔である狼は、シュニたちを前にしたときよりもひどく怯え、とうとうメアリの後ろに隠れてしまった。

「妃にとって初めての夜会を、血腥《ちなまぐさ》いものにするのは忍びないと抑えていたが……」

「ひ……っ」

睨み付けられたミランダたちは、もはや気を失いそうなほどの顔色だ。

「――やはり、俺が行って殺しておくべきだったか？」

「ですから、これは悪女としての振る舞いをするための好条件だったんですってば――――っ!!」

メアリは思わずそう叫び、エドガルドにしがみついていた。

「落ち着いてくださいエドガルドさま、これは絶好の機会なのです！　私はこの状況を利用して、なんとしても悪女を遂行せねば！」

メアリは小声で抗議しつつ、エドガルドにぎゅうぎゅうと抱き着いた。少し関心が引けたのか、エドガルドは思いっきり眉根を寄せる。

「……っ、おい、一度離れろ。俺に寄るな」

「いいえなりません、離れません！　だってエドガルドさま、何かとんでもないことをなさるおつもりでしょう？」

「大袈裟に喚《わめ》き立てるほどじゃない。お前に僅かでも害意を抱いた人間を、骨まで消し炭にするだけだ」

「悪女が！　私の考えた悪女像が霞《かす》みそうなことを、しれっと実行しようとなさらないでくださいませ!!」

　周りに声が聞こえないようにしつつ、メアリは必死にエドガルドを引っ張る。そんなふたりの様子を見て、集まってきた人々が囁き合った。

「お、おい見ろ。くだんの『悪女』が、エドガルド殿下とあんなに親しそうに……」

「恐れというものを知らないのか？　あるいはそれほどまでに、エドガルド殿下の寵愛《ちょうあい》を受けているということか……」

「あれほどまでに美しい女だ。性悪といえど、魅了されない男はいないだろう」

「――――……」

「ひっ!!」

　エドガルドが静かに睨み付けると、男たちは慌てて口を噤《つぐ》む。その様子を見て、メアリはますます慌ててしまった。

「どうしてですかエドガルドさま、今せっかく悪女っぽい噂をしていただいていましたのに！」

「お前に聞こえる場所で外見を審査しようという、あの不届きな精神が気に入らない」

「さようなら、エドガルドさまの本来の目的……！」

　メアリへの過保護さが邪魔をして、悪女を利用するという計画がぐちゃぐちゃだ。それもこれもメアリが魅了魔法などを掛けてしまった所為なので、心から申し訳なく思う。

エドガルドは、長い睫毛《まつげ》に縁取られた美しい双眸を細めると、静かにメアリのことを見下ろした。

「……お前が少しでも危険な目に遭う可能性がある策は、もう二度と許可しない」

「エドガルドさま……」

神秘的な紫色の瞳には、微《かす》かに彼の感情が透けている。何よりもはっきりと読み取れるのは、強い怒りと苛立ちだ。

けれど、エドガルドから真摯に注がれるまなざしからは、メアリを案ずる想いが感じられた。

（私のことを、とても心配してくださっている……）

そのことに、きゅうっと胸の奥が苦しくなった。

（エドガルドさまが望むことを、私は上手く叶えられていないのに）

メアリはエドガルドにしがみついたまま、顔を埋《うず》めて小さく呟く。

「……ご安心くださいエドガルドさま。作戦が変更になったとしても、雇われ悪女の責務は果たします」

「メアリ？」

エドガルドから離れたメアリは、バルコニーにへたりこんでいるミランダたちの方を見た。

途端にミランダははっとして、引き攣った笑みを浮かべながら声を上げる。

「め、メアリさま!!　私たち、メアリさまに心から謝罪いたします。本当にごめんなさい！　ですからどうかもう一度、お友達になることを考え直していただけませんか!?」

「……」

ミランダの声はひどく震えていた。けれどもメアリは彼女ではなく、離れた場所で怯えている少女アイリーンの方に歩いてゆく。

先ほどまでのミランダたちは、このアイリーンを取り囲みながらひどい暴言を投げ付けていた。アイリーンは怖かったはずなのに、メアリを逃がそうと勇気を振り絞ってくれたのだ。

「アイリーンさま」

「ひゃ……」

メアリが彼女に微笑みかけると、アイリーンはびくっと肩を震わせた。

（出来ればお友達になりたかったけれど。私ではやっぱり、怖がらせてしまうわよね）

内心でそのことを残念に思いつつも、悪女である以上は当然のことだ。

さびしさを表情に出す代わりに、メアリは彼女に微笑んで尋ねた。

「アイリーンさま。今日お召しになっているそのドレス、刺繍がとても素敵ですよね」

「えっ、あの、その……」

「ひょっとしてその刺繍。私が今日着ているこのドレスと、同じ職人さんによるものではないでしょうか」

「！」

メアリがそう尋ねると、アイリーンが目を見開いた。

「え、た、た、確かに。よく見るとメアリさまのドレス、わ、私が刺繍した……」

「まあ。やはりそうなのですね！」

どうやらメアリが推察した通りだったようだ。

暮らしに困窮しているらしいアイリーンが、ドレスに上質な刺繍の入ったものを纏っているのは、刺繍を入れたのが彼女自身だからなのではないかと考えていた。

（少し親近感が湧いてしまうわ。私も祭事用の衣装には、すべて自分で刺繍を入れなくてはいけなかったもの。外の職人さんに頼むとお金が掛かるからと、私とニーナ、それに司教さまたち全員分……）

通常の役目が終わったあと、自室に戻ってから睡眠時間を削って刺繍をしなくてはならなかったため、毎年何日も睡眠不足になるのだ。

そんなことをしみじみ思い出しつつ、メアリはドレスの裾をひらりと摘《つま》んだ。

「この素晴らしい刺繍、本当に美しいです。ドレスを纏った瞬間は嬉しくて、心が華やぎました！　刺繍がアイリーンさまということは、仕立ても領地の方々なのでしょうか？」

「へあ、あの、はい。仕立ても機織りも糸を紡いだのも、領地の職人のおじいちゃんたちが……」

「素敵！　エドガルドさま、どうぞお喜びください。たっぷりの褒賞を支払うお相手、シユニたちに探してもらわなくとも見付かりそうです！」

にこにこしながら振り返ると、エドガルドが何故か額を押さえている。

「……メアリ……」

「？」

そのことを不思議に思いつつ、メアリは再びアイリーンを見詰めた。

「こんな素敵なドレスを作って下さるのですもの。社交界に喧伝すれば、アイリーンさまのおうちの領地は豊かさを取り戻すはずです。この私が保証いたします」

「……め、メアリさま……」

（どうかしら！　この、『自分が良いと思ったものを必ず流行《はや》らせる自信がある』という、とてつもなく傲慢な口振り！　まさに悪女！）

メアリは己のあくどさを確信しつつ、アイリーンに説く。

「隅の方で怯えずに、どうか胸を張ってください」

彼女に向けて告げたのは、悪女らしい振る舞いをするためだけではなく、メアリ自身の本心だ。

「――あなたや領民の方々が生み出すものは、こんなにも美しいのですから」

「……っ!!」

その瞬間、アイリーンの両目からは、ぽろりと涙の雫《しずく》がこぼれた。

「わ、私……」

(どうしましょう、泣かせてしまったわ!?)

メアリは心底慌てるが、狼狽《ろうばい》をあらわにする訳にはいかなかった。

(ああ泣かないでくださいアイリーンさま、どうしたらいいの!?　その涙を拭って差し上げたいけれど、それでは悪女じゃなくなるわよね……エドガルドさまが教えてくださった『ちょこれーと』や『けーき』なるもの、お渡ししたら喜んで下さるかもしれないけれど……!　ううう、本当にごめんなさい……!!)

内心で謝罪を重ねつつも、表面では毅然《きぜん》とアイリーンに背を向ける。

見下ろしたのは、アイリーンにひどいことを言っていたミランダたちの方だ。

「ミランダさま。皆さま。申し訳ございません」

「……っ」

メアリは、自分としては最大限に怖いつもりの顔をしつつ、彼女たちに向けて言い放った。

「あなた方の謝罪を拒否いたします。――私が出来ればお友達になりたいのは、アイリーンさまの方ですから」

「そ、そんな……!!」

わっと泣き伏せたミランダたちを前に、メアリの良心は少し痛む。けれどもアイリーンがされていたことを思い出して、あくまで凛《りん》とした振る舞いを意識した。

(勇気ある謝罪を受け入れず、友達にもなれないと言い切る始末!　我ながらなんという傲慢、芸術的な『悪女』の重ね塗り……）

　エドガルドに褒めてもらう準備をして、メアリはきらきらした目で振り返る。けれどもそこに立っていたのは、冷たい目をしたエドガルドだった。

「帰るぞメアリ」

（あらら!?）

　有無を言わさずに抱き寄せられ、そのままエドガルドに抱き上げられた。そのことにびっくりして「きゃあ！」と声を上げ、またしてもエドガルドにしがみついてしまう。

　腰を支えてくれるエドガルドの手に、ぐっと力が入ったように思えた。

　エドガルドは、ふー……っと息を吐いたあとで、近くにいた男性たちに声を掛ける。

「……生憎《あいにく》だが中座させてもらう。会の主催に伝言を」

「しょ、承知いたしました！」

「使い魔。メアリの衣装を仕立てた褒賞について、手配を終えてから帰って来い」

「はい。ご主人さま」

　シュニたちに命じた様子を見て、夜会の参加者たちは大きくざわついた。

「世界の魔力の根本たる大精霊を、従者のように扱っていらっしゃるとは……」

（ひょっとしなくとも。シュニたちって使い魔とはいえ、こういう執事のお仕事をさせるような存在ではないのでは……？）

　周囲の状況を観察してそう察する。

メアリを抱き上げたままのエドガルドは、バルコニーに揃《そろ》った面々を振り返ると、冷たいまなざしで言い放った。

「箝口令《かんこうれい》を言い渡す。我が最愛の婚約者による先ほどの言動は、一切口外するな」

「し、しかしエドガルド殿下。メアリさまの心優しいお言葉は、是非とも社交界に広めるべきかと存じますが……！」

（心優しい？？？）

「それは許さない。これは俺の妃だ」

メアリに回されたエドガルドの腕の力が、ますます強くなる。

「――俺以外の人間が彼女を讃える必要など、何処にもないのだからな」

「……！」


その瞬間、体が光に包まれる。


転移魔法によって姿を消したふたりを、夜会の参加者たちは騒然と見送った。

「先ほどのエドガルド殿下の『箝口令』、あれは……」

彼らは互いに顔を見合わせたあと、ひそひそと話し始める。

「もしかするとメアリさまは、ご自身の善行が広まることを良しとなさらない、奥ゆかしく謙虚なお方なのではないか……!?」

「重要なのは他者からの評判などではなく、メアリさまの正義に従って行動すること。つまりはそういうことなのだろう」

「今夜のメアリさまの行動によって、アイリーン嬢の領地は大幅に持ち直す。その功績を王太子ご夫妻のものとはなさらず、陰ながら支えて行かれるおつもりなのだ」

「エドガルド殿下は、婚約者さまのそのお気持ちをとても理解していらっしゃるのね。なんという愛妻家なのでしょう」

　残されたアイリーンは、繊細な刺繍の施されたハンカチで涙を拭いながらも、メアリたちが消えた方を見詰めて呟く。

「メアリさま。……本当に、ありがとうございます……」

　アイリーンのもとには、そのハンカチの刺繍に目を付けた婦人たちが、早速集まってくるのだった。


「――これでは駄目」

大聖堂にある一室で、ひとりの少女が小さく呟く。

彼女がぎゅっと身を丸めるようにして祈ると、金色の髪がさらさらと揺れた。

少女は愛らしい顔を曇らせ、憂いを帯びた双眸を伏せながら、こんな言葉を紡ぐのだ。

「エドガルド・ヴィル・ハンクシュタイン殿下との結婚だなんて。……許されないわ、こんなこと、絶対に……」

少女の手元にあったのは、かの国の王太子から通達された書状である。

司教たちから聞かされたこの事実に、少女は耳を疑った。ゆっくりと顔を上げた少女は、首元に下がった首飾りを握り締める。

「そうでしょう？　……メアリお姉さま……」

4章　色欲の悪女

Chapter 4

大誤算のあった夜会から、十日が経《た》った午後のことだ。

午後の陽射《ひざ》しが降り注ぐ中、春らしいミモザ色のドレスに身を包んだメアリは、フラムと回廊を歩いていた。

片側に寄せて結び、サイドアップにした淡い紫の髪が、ふわふわと華やかに波打っている。

編み込みを作り、本物の花を使った髪飾りで留めた髪型は、ほどよい遊びと緩やかさを持った可愛《かわい》らしいものだ。

隣を歩くフラムが、メアリを見上げて誇らしげに言う。

「うんうん、今日のメアリも可愛いぞ！　さすが俺たちのあるじの妃《きさき》だな」

「ありがとうフラム。街で流行している女の子の髪型を、フラムがよく観察して絵に描いてくれたお陰よ」

「えへん！　こ、これくらいの役に立たなきゃ、大精霊の名折れだからな！」

恐らく大精霊の仕事というのは、本来もっと凄《すさ》まじいもののはずである。けれどもフラムたちにとっては、こうして人と関わる仕事こそが嬉《うれ》しいのだ。

「シュニが髪を結うのも中々のもんだろ？　茶会の支度は他の奴《やつ》らがやったみたいだけど、今日は特別なんだぜ！」

「特別って？」

「『春』の使い魔が庭に来て、たくさん花を咲かせていったらしい。メアリが名前をくれたお礼にって、張り切ったみたいだ」

「まあ。嬉しい、今度お礼を言わなくちゃ」

森で出会った精霊たちは、メアリの名付けを本当に喜んでくれていた。ひとりひとりを思い浮かべながらも、メアリはふと思い至る。

「……一応聞いてみるけどフラム。ひょっとして春の使い魔さんって、この世界の春そのものを司《つかさど》る大精霊だったり……」

「ん？　そうだな！　あいつが存在するから春が生まれたとかなんとか、シュニの奴が言ってたっけ」

「………………」

やはり全員例外なく、人に使役されるような規模の精霊ではない。そんなことを思いつつ、メアリは庭に続く回廊の先を見遣《みや》る。

「それにしても。エドガルドさま、ご公務は大丈夫なのかしら……」

メアリはぽつりと呟《つぶや》きつつ、十日前の夜会のことを思い出す。

転移魔法で城に戻ったあと、エドガルドは足早に長椅子へ近付いていくと、メアリを無言でそこに降ろしたのだ。

『え、エドガルドさま……！』

メアリが恐る恐る見上げた彼は、思いっきり眉間《みけん》に皺《しわ》を寄せている。

どう見ても不機嫌全開の表情を見て、メアリは心の底から申し訳なく思った。

『申し訳ございません。私、どうやらまた悪女業務を失敗しちゃいましたよね……？』

『……』

傲慢の悪女を演じたつもりが、妙な空気になったことは察していたのである。

メアリの方を見る周りの目は、なんだか神聖なものを見つめるようなまなざしだった。

エドガルドが不機嫌なことを鑑みても、作戦の失敗は明らかだ。

『どのような罰でもお受けします。その上で、必ずや挽回《ばんかい》させていただきます……！　もっと世間のことを勉強して、どんな振る舞いが悪女なのかを摑《つか》んで。これからすぐに次の作戦を考えますので……！』

『………もういい』

『!!』

エドガルドの言葉に、メアリはがあんと衝撃を受ける。

（ついに私、悪女をクビになってしまうのだわ……!!）

だが、これまでの自分の働きを振り返れば当然だ。長椅子に降ろされたメアリの前で、エドガルドは額を押さえている。

（こんな心労を負わせてしまったのも、すべて私が出来損ないの悪女だから……）

そう思い、申し訳なくて顔が上げられなくなった。

『……このような私を今日まで雇っていただき、本当にありがとうございました。エドガルドさま』

『……？』

『さまざまな配慮をいただいたのに、ご期待に応えることが出来ず申し訳ございません。心苦しいですが、私は……』

『おい』

エドガルドの声に遮られ、メアリは恐る恐る彼の方を見る。

目が合ったエドガルドは眉根を寄せて、確かに怒っているはずだった。しかしそれは、メアリが思っていた理由とは違うらしい。

『待て。お前は何故《なぜ》、このままここを去るような雰囲気の話をしている？』

『え……それは』

『離してやれるとでも思っているのか？　……お前を逃す気になったなど、俺は一言も言っていない』

『!!』

メアリがびっくりして目を丸くすると、エドガルドは深く溜《た》め息をつく。

『「もういい」と俺が言ったのは、お前はこれまで通りにしていろという意味だ』

『え……』

ぱちぱち瞬《まばた》きを繰り返すメアリに、エドガルドはこう説明した。

『挽回など考えるな。今後もそのままの路線でいい、変わる必要は無い。これからは俺がお前に合わせる』

『わ……』

メアリはそこで理解して、背筋を伸ばした。

『分かりました、エドガルドさま！』

これはまさしく、挽回など考えなくて良いと言ったエドガルドの方が、何か策を考えてくれているのだ。

『その作戦を教えて下さい！　エドガルドさまが私に合わせて下さるというのであれば、私も私に合わせてくださるエドガルドさまに合わせます！　そうしてなんやかんやこう、気合を入れて悪女しますので！』

『そのままの路線でいい、と言っただろう。下手に俺の考えを説明して、お前に別の動きを取られると困る』

『ですがそれではあまりにも、雇用主の負担が……っ』

そのとき、大きなお腹《なか》の虫の音が、部屋にぐうう……と響き渡った。

『……』

『………』

メアリは顔を赤くして、自らのお腹をぱっと押さえる。エドガルドは何故か口元を押さえ、メアリから顔を背けた。

『あっ、あの、これはその……!!』

『………』

実はお腹がぺこぺこなのを、絶対に気付かれてしまったはずだ。そしてエドガルドは、何故か少し肩を震わせている。

(お腹をぐうぐう鳴らすお妃さまなんて、はしたなくて魅了魔法の効果も解けるのでは……!)

『くそ。どうなっているんだ、腹の虫がこうまで愛らしい人間が居てたまるか……』

『はい?』

『なんでもない』

思わず聞き返してしまったが、実はばっちり聞こえていた。どうやらメアリがお腹を鳴らしても、魅了魔法の効果に変化はないようだ。

エドガルドは咳払《せきばら》いをし、こう言った。

『……適当な使い魔に、食事を用意させる』

『ありっ、ありがとうございます……』

普段食事を用意してくれているシュニは、まだこの城に戻っていない。メアリは夜会での出来事を思い浮かべ、改めて反省した。

(エドガルドさまは許して下さったけれど、失敗は次に活《い》かさないと。それから夜会での振る舞いも……)

そんなことを考えつつも、メアリは小さく呟いた。

『……あの「ちょこれーと」や「けーき」なるものとは、また再会することが出来るでしようか……』

『………』

自身のボタンを片手で外し、襟元を緩めていたエドガルドが、こう尋ねる。

『……食べてみるか？』

『!!』

お腹が空《す》いているのとも相まって、メアリは思わず目を輝かせてしまった。

『よ……よろしいのですか!?』

『そんなに興味があるのなら仕方がない、数日待て。使い魔たちに調査させ、この世界で最も美味とされるものを探させる』

『エドガルドさま……!!』

文字通り甘美なその提案に、すべてを理解して立ち上がった。

『分かりました!!　これは次なる計画、その始まり……！』

『は？』

『つまり！』

怪《け》訝《げん》そうな顔を向けられるが、メアリは自信満々に胸を張る。

『――「暴食」の悪女、と！　そういうことなのですね！』

『………』

到着した城の中庭には、無数の薔薇《ばら》が咲き乱れていた。

メアリが名付けた春の精霊は、盛大にその力を発揮してくれたようだ。可愛らしいピンク色を中心にした薔薇たちが春の庭を彩り、暖かな陽射しを受けて輝いている。

中央にある東屋《あずまや》の円卓についたメアリは、そこで思わず声を漏らした。

「わああ……っ」

レースのような模様の入った愛らしいお皿に、甘い香りのする宝石が並んでいる。薔薇にも負けないくらいに美しく可愛らしい、つやつやのお菓子だ。

「ようやく間近でお会いすることが出来ました、こちらが『ちょこれーと』さま……！」

「おい。何故チョコレートに『さま』の敬称をつける……？」

メアリの向かいに座ったエドガルドは、腕を組んで顰《しか》めっ面のままそう言った。

彼がこうして傍《そば》にいるのは、メアリにとって意外なことでもある。

チョコレートの約束をしてくれたとき、てっきりそれがメアリに贈られて終わりだと思っていたのだが、なんとこうしてお茶会が開かれてしまったのだ。

エドガルドは公務に忙しいはずなのに、不出来な雇われ悪女に付き合わせるのは申し訳ないとも感じる。

けれどもシュニたちに、「むしろメアリさまが傍にいてくださった方が」と諭されて、その言葉に甘えることにした。まったくもって、魅了魔法の効果は恐ろしい。

「初めまして、ちょこれーとさま。私はメアリと申します」

改めて背筋を正したメアリは、お皿に並ぶチョコレートたちに自己紹介をした。

「ちょこれーとさまのお噂《うわさ》はかねがね。なんでもとても甘くて蕩《とろ》ける、魅惑のお菓子でいらっしゃるとか……！　お目に掛かれて光栄です。今日はよろしくお願いいたします！」

「何故チョコレートに挨拶をする」

「だってこちら！　エドガルドさまが探して下さった、世界で一番美味《おい》しいちょこれーとさまなのでしょう？」

一体どんなものだろうと想像していたが、対面してみると納得した。

「一粒一粒が輝いていて、こんなに美しいだなんて……。こちらはお花の形、こちらは三日月を模したもの。白いしましま模様が入っていたり……もももしや、こちらは金粉では!?」

「……」

このチョコレート一個だけで、聖女として働いていたメアリの一年分の給金に匹敵するかもしれない。

「いいから食え」

「この美しいきらきらをですか!?」

甘い香りがするのは感じているが、本当にこれが食べ物なのだろうか。メアリから見ると宝石のようでしかなく、なんだか不思議な心地だった。

「ですがちょこれーとさまはフラムいわく、口に入れると……とろけて？　しまうのですよね？　せっかくこんなに綺麗《きれい》なのに、消えてしまうのは一大事です！」

「……」

メアリが必死に言い募る中、無言のエドガルドはチョコレートを指で摘《つま》む。

「エドガルドさま。ひょっとして食べ物と仰《おっしゃ》ったのは冗談で、実のところ芸術品なのではありませんか？　それでこんなに美し……んっ!?」

「いいから」

エドガルドは手を伸ばし、メアリのおとがいを掴んで口を開かせる。

「さっさと食ってみろ、と言っている」

「！」

その上で、そこにチョコレートをころんと放り込んだ。

「…………!!」

世界中から集めた幸せが、舌の上で溶け出した。

「んむ、む……!?」

芳醇《ほうじゅん》な香りと共に甘さが広がってゆき、ほんの僅かな苦味が上品なコクを生んでいる。

とんでもない口当たりの良さに、メアリは手のひらで口を押さえた。

本当にとろけると思わなくて、ぱちぱちと瞬きを繰り返す。

その素晴らしい味わいが、メアリには信じられない。

（……おいしい……）

宝石のように見えるけれど、宝石ではなかった。

メアリはこくんと飲み込んだあと、頬を火照らせながらエドガルドに言う。

「エドガルドさま、これは間違いなく食べ物です！　世界一美味しいちょこれーとさま……いいえ、チョコレートさまでした!!」

「…………」

エドガルドにとってはきっと、当たり前の事実なのだろう。

それが分かっていても、この感動を伝えずにはいられない。するとエドガルドは、メアリを見て珍しい表情を浮かべる。

「っ、は」

「！」

あのエドガルドが、笑ったのだ。

メアリを眺め、肘掛けに頬杖《ほおづえ》をついて、満足そうに目を眇《すが》めて口の端を上げる。

「だから言っただろう？　……さっさと食ってみろ、と」

（……悪戯《いたずら》が成功したみたいな、そんなお顔……）

その表情を見て、きゅうっと胸が締め付けられるような感覚が生まれた。

（かわいい）

　素直にそう感じたあとで、自分の感想にびっくりする。

（……エドガルドさまのことが、可愛い……？）

　ぱちぱち瞬きを繰り返していると、エドガルドが僅かに苦い顔をする。

「どうした。もう食わないのか？」

「！　いえ、いただきます！」

　見ているだけでも美しいチョコレートだが、やはり食べてこそなのだ。意を決して、悪女らしく『暴食』に挑むことにする。

「チョコレートは、素手でいただくものなのですか？」

「それでもいいが、一定の温度下に留《とど》めなければ溶けるものだ。人間の体温にも耐えられないので、不安ならそれを使え」

　エドガルドが視線で示したのは、金色のピックだ。先端が兎《うさぎ》の形に彫り込まれていて可愛らしく、メアリはこのピックを借りてチョコレートを味わうことにした。

「んんっ、美味しい……！」

「…………」

　一粒一粒がもたらしてくれる感動に、メアリは思わず頰を押さえる。

豊かなミルクの風味を感じられるものや、品の良い苦味を感じられるもの。真っ白で滑らかなチョコレートや、オレンジの香りがするものもあった。

中にはとろりとしたジュレの入ったチョコレートや、中にさくさくとしたナッツが入ったチョコレートも存在しているのだ。

一粒ずつ大切に楽しみたい気持ちと、次のチョコレートを早く食べてみたい気持ちに挟まれつつ、メアリはこの僥倖《ぎょうこう》を噛《か》み締める。

（お口の中に、幸せが溶け出していくかのよう……）

エドガルドは、そんなメアリの様子をじっと見詰めていた。

「エドガルドさまがみんなに言って、世界中からこのチョコレートを探して下さったのですよね。ありがとうございます……！」

「それほど難しいことじゃない。各国の情報を収集する中で、どの国のどの街でどんな事業が栄えているかが見えてくる。それを製菓に絞って分析し、あとは実際に使い魔たちへ足を運ばせれば良いだけだ」

「しれっと簡単そうに仰ってますが、とても難しいことでは……？　日頃からさまざまな情報に気を配る必要がありますし、それを的確に活用なさっているのもすごいです」

メアリが目を輝かせていると、エドガルドはふんと鼻を鳴らした。

「大袈裟《おおげさ》だろう。やっていることは所詮、美味《うま》いチョコレート屋の情報収集だ」

「ふふ」

それは確かにその通りなので、メアリは笑ってしまった。

「言い換えれば、私を幸せにするためにお力を発揮してくださったのですね」

「ぐ……」

不本意そうに顔を顰めるエドガルドに、申し訳ない気持ちも確かにある。けれどもそれと同じくらい、メアリはどうしても嬉しかった。

(美味しいチョコレートを食べられたことも、そうだけれど。何よりもエドガルドさまが私のためにと手を尽くしてくださった、そのお気持ちがとても嬉しい)

心の中がほわほわするのは、先ほどエドガルドのことを可愛らしく感じたときとおんなじだ。

「ありがとうございます、エドガルドさま」

「……訂正させろ。これは決して、お前のためにやったことじゃない」

それではどんな理由があるのかと、メアリは首をかしげる。

そして、自分の近くに置かれたお皿が、ほとんど空になってしまっていることにはっとした。

「ごめんなさい!!　エドガルドさまもチョコレート、食べたかったですよね!?　そんなこと当たり前ですのに私ったら、自分の前にあるお皿のチョコレートは私がいただいたものだと勘違いしてしまい……!!」

「お前のもので合っている。……そういった意味ではなく」

エドガルドは額を押さえ、大きく溜め息をついた。

「お前の喜ぶ顔が見たいと思った、俺自身のためにしたことだ」

「え……」

メアリは驚いて、エドガルドを見詰める。

エドガルドは顔を上げると、その美しい紫の双眸《そうぼう》でメアリを見詰め返した。

「お前の口に合うものが何か、それを知りたかった。俺が用意させたものが美味かったとき、お前が一体どんな表情をするのかを想像して、その顔が見たくてたまらなかったんだ」

「エドガルド、さま」

「……想像以上に愛らしい顔をしたので、いまはそれに参っている」

「……!!」

忌々《いまいま》しそうな不機嫌顔なのは、『メアリの可愛い顔に参っている』からなのだろうか。

なんだか恥ずかしくなってきて、メアリは自分の頬を覆った。

「……変な顔をしていた気がするのですが!!」

「愛らしいと言っただろうが。――あまり何度も繰り返させるな、お前が許しを請うまで止まらなくなるぞ」

「ごめんなさい!!」

ただチョコレートが美味しかっただけなのに、こんな風に評してもらえるのだ。落ち着かない気持ちになり、メアリはぎこちなく俯《うつむ》く。

「み……魅了魔法。やっぱりすごく、怖いですね……」

「本当にな」

溜め息をついているエドガルドには、心から申し訳ないと感じた。けれども胸に生まれた温かさを、なんとか言葉にしたくなる。

「エドガルドさま、どうしましょう」

「……なんだ？」

メアリは火照る頬を押さえたまま、どきどきしながらエドガルドに告げた。

「私が喜ぶ姿を、エドガルドさまは見たいと仰って下さるのですよね」

そう尋ねれば、エドガルドは観念したように口を開く。

「そうだ。悪いか？」

「そう言っていただけると、私も嬉しくなります。私はいま、とっても喜んでいます！」

「…………そうか。それで？」

「つまり！　私が喜ぶとエドガルドさまが満たされて、エドガルドさまが満たされると私が喜ぶ…………これがこう、繰り返されますので……」

人差し指をくるくると回し、メアリは真剣な表情で説明する。

言いたいことが伝わった気がした瞬間、にこーっと微笑んで言い切った。

「私たち。ふたりで一緒に居る限り、ずうーっと幸せなのではありませんか？」

「――――――……」

「エドガルドさま――――――っ!?」


ごおん!!　と大きな音と共に、エドガルドがテーブルに額を打ちつけた。メアリは大慌てで立ち上がり、突っ伏しているエドガルドの肩を揺さぶる。

「エドガルドさま、お気を確かに!!　大丈夫ですか、お怪我《けが》は!?」

「別に。ちょっと血を吐くかと思っただけだ、大事は無い」

「それは一大事と言えるのでは!?」

体を起こしたエドガルドの額を、メアリはなでなでとさする。

「お可哀想《かわいそう》に……。魅了だけではなく治癒魔法も、エドガルドさまに効けば良かったのですが……」

「心配を掛けたのは分かったから、その可愛いのをやめろ……!」

何かを耐えるような様子のエドガルドに申し訳なく思いつつ、メアリはふと気が付いた。

「エドガルドさま」

「すぐ傍で俺の名前を呼ぶんじゃない。……なんだ」

エドガルドの額から手を離しつつ、こう尋ねる。

「大神殿から、何かお手紙などがありましたか?」

「――――……」

彼が僅かに目を眇めたのは、単なる肯定の意味だけではないようだ。

「俺に残った僅かな魔力の流れで、読み取ったのか」

「なんとなくではありますけれど……大神殿に仕える神官の方々が、お手紙などを転移するときの魔法の気配が」

本当に些細《ささい》ではあるものの、気付いてしまえばはっきりと感じ取れる。これは恐らく、エドガルドが神殿とやりとりをした痕跡なのだろう。

「お前が気にすることではない。神殿の連中など放っておけ」

「エドガルドさま。教えてください、お願いです」

「……っ、『お願い』は、よせ」

じっと見詰めて懇願すると、エドガルドの眉間の皺がどんどん深くなってゆく。どうやらこうやって見詰めることは、エドガルドを説得するにあたって効果的なようだ。

「はあ……」

エドガルドは小さな溜め息をついた後、やがてこう口を開いた。

「お前の異母妹とやらが、俺に目通りを所望しているという内容だ。くだらない」

「まあ、ニーナが？」

意外な内容だったので、メアリは首を傾《かし》げる。

「あの子、後日の夜会に来るのではなかったのですか？　何故それを待たず、わざわざエドガルドさまにお手紙を……」

「さあな。手紙はそのまま焼き払った」

「え！　焼いちゃったのです？」

「お前を虐げてぞんざいに扱った神殿の連中に、時間を費やす意味もないだろう。会う気は無い」

　エドガルドはそう言うものの、メアリとしては気になる所でもある。

　神殿ではあまり交流を持つことも出来なかった妹だが、一体なぜエドガルドに会いたいのだろうか。

「私とエドガルドさまが結婚する話を聞いて、義兄《あに》となるエドガルドさまにお会いしたいのかもしれません。ニーナはなんというか、甘えっ子なのです」

「……神殿で、お前と異母妹には親密な交流があったのか？」

「いえ、それはあまり。司教さまたちは私たちが聖女のお務めに関係ないところで会うことを、滅多に許可して下さらなかったので……そもそも私はお勤めで、自分の時間はほとんどありませんでしたし」

　そう言うと、エドガルドはますます機嫌の悪そうな顔になる。

「やはり潰すか。神殿を」

「どうしてです!?」

　エドガルドは目を細め、更に尋ねてきた。

「聖国レデルニアの王太子は、忌々しいことにお前の元婚約者だな。異母妹は今、その王太子と婚約中なのだろう？」

「はい。私が婚約破棄されたので、必然的にニーナが次の婚約者になるはずです」

「つまり異母妹はお前から筆頭聖女の座と、王太子の婚約者の座を引き継いだということになる。その異母妹が、お前の現婚約者である俺に会いたいと言い出すなど、厄介ごとの予感しかしない」

言わんとしていることに気が付いて、メアリは納得する。

「確かに普通に考えれば、『ニーナが私からエドガルドさまをも略奪しようとしている』という図にも見えますね」

「その女の真意がどうであれな。ますます会う気が失《う》せた、神殿からの手紙は二度と俺のもとに運ばせないこととする」

「そ、それはご公務に支障が出るのでは？　それにエドガルドさまがニーナに略奪されるとは思っていませんので、お気になさらずお会いくださっても」

そもそもが、メアリは悪女として雇われただけの契約結婚なのだ。略奪も何も、最初からエドガルドはメアリのものではない。

（私に恋をなさっているのも、事故で魅了魔法を掛けてしまった所為《せい》だもの）

そんなことを考えると、胸の奥がほのかに苦しくなった。何故か分からずに首を傾げる一方で、エドガルドは再び溜め息をつく。

「婚約者がいる立場で他の女に会うなど、そんな迂闊《うかつ》な真似《まね》をすると思うのか？」

「迂闊、ですか？」

心なしか、エドガルドが拗《す》ねているようにも見えた。彼は金色のピックを手にすると、テーブルの上に飾られたチョコレートに刺す。

「たとえこれが、俺がお前を無理やりに買った上での契約婚とはいえ」

「んむっ」

口の中に再びチョコレートを放り込まれて、メアリはぱちぱち瞬きをした。

「……お前の夫になる自覚くらいは、持ち合わせている」

「！」


左胸が、再びきゅうっと苦しくなった。

そうかと思えば温かくなって、心臓が早鐘を刻み始める。食べさせてもらったチョコレートは、他のものよりも随分と甘い蜂蜜入りだ。

（神殿では、絶対に食べられなかった素敵なお菓子。エドガルドさまが私のために探させてくださった、宝石みたいな食べ物……）

それを味わい、こくんと飲み込む。

（……エドガルドさまに食べさせていただくチョコレートが、一番美味しい……）

「メアリ」

テーブルについたままのエドガルドが怪訝《けげん》そうに顔を顰め、傍らに立つメアリを見遣《みや》る。

「どうした。熱でもあるのか？」

「え？」

それは思わぬ問い掛けだった。けれどもメアリが驚いたのは、エドガルドの大きな手に頬をくるまれたからだ。

エドガルドの持つ神秘的な紫の瞳に、メアリの姿が映り込む。

「随分と、顔が赤い」

「――――……っ!?」

それは自分でも分かるほどに、とても明確な熱だった。

「も……っ！」

「も？」

「もしかするとニーナは聖女として、瘴気《しょうき》の浄化のことで困っているのかもしれません！」

咄嗟《とっさ》に思い付いた話題にしては、なかなか上手《うま》い切り替えだったのではないだろうか。

エドガルドが訝《いぶか》しそうに目を眇めたので、メアリは推測を続ける。

「この世界の国々は、それぞれ守護神の加護を受けているでしょう？」

「……」

それは幼子でも知っていることだ。すべての国には、必ず一柱の守護神がついている。

その神は文字通り各国を守護し、国に魔力を循環させたり、魔物や人間の生息域のバランスを保ったりしているのだ。

　エドガルドが撤回したがっている『次期国王の任命』についても、その国についている守護神が、自らが守護する国の王を選ぶために神命を下すものだった。

「神が国を守るために干渉するとき、その代償として、国全体に漂う魔力が穢《けが》れます」

「本当に面倒なことだ。頼んでもいないのに一方的に手を出してきて、好き勝手に魔力を使うのだからな」

　エドガルドは、小さな声でこう呟く。

「本当に、忌々しい」

「……？」

　エドガルドが神に抱く感情は、あまり良いものではなさそうだ。第二王子でありながら、神によって王太子の座につかされたためだろうか。

「……それで？　お前の異母妹が、魔力の穢れを浄化することについて相談をしたいのではないかと言っているのか？」

「も、もしかしたら。聖女のお勤めで大変なのが、この浄化に関するものですし」

　いきなりメアリが居なくなってしまったことで、支障が出ているのかもしれない。

「私ではなくエドガルドさまに会いたがっているのは、ううんと……買われた身の上の私ではなく、雇い主のエドガルドさまに筋を通そうとしているからかもしれません」

「魔力の流れの大半は、それぞれの国内で完結している。他国の穢れがこの国に流れてくることも、滅多にあることではない」

　エドガルドの言う通りだった。

『国』というものは要するに、どの神がどの地域を守護しているかという区分に過ぎない。

それというのも、人間が国を作ったのではないからだ。

神々がそれぞれの土地に自分の魔力を流し、循環を作った。神ごとの区域が最初に決まっていて、人はその境界線に国境を引いたのだ。

だからこそ、その土地に住まう人間の中で最も神に愛された一族が王族となり、神に任命された者が王位につく仕組みが出来上がっている。

「他国がどれほど穢れようと、俺にもお前にも無関係だ」

「そうかも、しれないのですが」

　メアリはそっと項垂《うなだ》れる。

　これはニーナの目的を想像しただけの、根拠もない話に過ぎないものだ。けれどもこうして考えてみれば、十分に有り得る理由にも思えた。

（神殿を追放されたのは嬉しかったけれど。その所為で、罪のない人たちが瘴気によって体調を崩したり、増えた魔物に襲われるのは……）

　先ほど習得した方法を思い出し、メアリはじっとエドガルドを見詰める。

「エドガルドさま……」

「……なんだ」

エドガルドの声音は無愛想そのものだが、神殿にいたあの頃とは違う。話をちゃんと聞いてもらえている実感があり、メアリは続けた。

「私、食べたいものがあるのです」

「言ってみろ」

（お返事が早い！）

即答ぶりに内心で驚きつつも、こほんと咳払いしてもっともらしく言う。

「昔から……大神殿でさまざまな国の浄化を行っている際に、ずっと考えていました。穢れをただ浄化するだけでは、なんだか勿体無《もったいな》いのではないかと」

「……もったいない……？」

「勿体無いです！　たとえばお腹ぺこぺこでお庭の草花を食べるときも、どうしても食べられない部分がありました。なのでそういった皮や種などは、衣服の傷みを誤魔化すための染め物に使ったりしていたのですが……」

エドガルドが再び額を押さえ、何かへの怒りを堪《こら》えるような溜め息をつく。

「エドガルドさま？」

「いま、ひとまず頭の中で司教どもを八つ裂きにしているところだ。それで？」

「はい。ですから食べられない葉っぱと同じように、穢れも有効活用したいと思いまして！」

そのときエドガルドが、未知のものを見るような目を向けてきた。メアリはふんふんと張り切りつつ、身振り手振りで説明する。

「そのとき閃《ひらめ》いた魔法ですが、穢れを一度自分の魔力に吸収するというもので」

「……土地を枯れさせ、魔物を狂わせ、人を死に至らしめる毒にもなる穢れを？」

「けれど当時それを試そうとしたものの、私だけでは上手く制御出来ませんでした。しかしエドガルドさまのお力をお借りすれば、もしかするかもしれないです！」

「待て。つまりお前が食いたいものというのは比喩であり、実態は……」

メアリは大きく頷《うなず》いて、両手を広げる。

「はい！　穢れすら吸収して利益にしてしまうという、『暴食の悪女』になろうかと！　ですのでエドガルドさま、私をこの国の神殿に連れて行って下さいませ！」

「…………」

エドガルドがこちらを見るその顔には何故か、『嫌な予感しかしない』という感情が、ありありと透けて見えていたのだった。


エドガルドの使い魔であるシュニは、主君の執務室でびっくりしていた。

「では、お出掛けになるのですか？　神殿に」

「メアリがどうしてもと言うのだから、仕方がない」

エドガルドが長椅子に脱ぎ捨てた上着を拾いつつ、まだ信じられない気持ちでいる。この主《あるじ》が神殿に足を運んだことなど、シュニが知る限りでは一度もない。

（王族のお勤めであるお祈りにすら、ご主人さまは絶対に参加なさいませんのに。まあ、僕たちがあまり干渉することでもないのですけれど）

　神とは精霊の上にいる存在だが、直接的な繋《つな》がりがある訳ではない。エドガルドが神を嫌っていようとも、シュニたちにとっては良い主人なのだ。

「メアリのために、また新しいドレスを用意しておけ。着飾らなくともどうせ美しいが、神殿の連中にはあの類稀《たぐいまれ》さを示しておく必要がある」

「仰せの通りに。……それとご主人さま、魅了魔法の効果を消す方法の件は、生憎《あいにく》まだ分かっておらず……」

　エドガルドから命じられていることのひとつに、『メアリの掛けた魅了魔法を解除する方法を探す』というものがある。これは、使い魔全員が受けている命令だ。

（曲がりなりにも僕たちは、全員が大精霊なのですから。魔法を解く方法を見付けるまでに、そう時間は掛からないはず）

　そうしてシュニたちは、そのことを内心で恐れていた。

（ご主人さまの魔法が解け、メアリさまのことを好きではなくなったら、メアリさまとの契約結婚はどうなるのでしょう？　もしかしたら、メアリさまとすぐにお別れしてしまう可能性も……）

　けれどシュニたちは、メアリのことが大好きなのだ。

大精霊たちの中には、魅了魔法を解く方法を探したくないと言い出す者までいる。

主君の命令に背けば契約違反となり、眷属《けんぞく》としての魔力が貰《もら》えなくなるのだ。そうすればこの世界に生きる人間に干渉できなくなり、また孤独になってしまうのに。

（それでも僕たちは、メアリさまとご主人さまに一緒に居てほしい……）

シュニは少し勇気を出し、顔を上げる。

「あの。ご主人……」

「――――……」

声を掛けようとしたその瞬間、エドガルドの後ろ姿に違和感を覚えた。

「……ご主人さま？」

「…………」

ゆっくりと振り返ったエドガルドは、いつもと変わらない退屈そうなまなざしでこちらを見下ろす。

「なんだ？」

「……い、いえ。なんでも……」

いまのは一体なんだったのだろうか。胸の辺りがひどくざわざわして、シュニは俯いた。

（本当は、僕たちですら知らない。ご主人さまがメアリさまを『悪女』に仕立ててまで、次の王になりたくない理由を……）

その日、エドガルドに連れられてこの国の神殿を訪れたメアリは、またも発生した計算違いに愕然《がくぜん》としていた。

（ど、どうしてこんな。……こんなはずでは……！）

　メアリの想定では、エドガルドの手を借りて発動したこの魔法を使えば、集まった見物人たちも恐れ慄《おのの》いて逃げ出す予定だったのだ。

（神殿の広場に集めていただいたのは、病で瀕死《ひんし》になった牛さんや鶏さんたち。私はこの国に漂っている穢れを吸収し、反転させる魔法で、世にも恐ろしい光景をお見せするはずだったのですが……）

　けれども彼らは手を取り合い、興奮と歓喜で大騒ぎしている。

「素晴らしい……!!　なんてすごいんだ、これが聖女さまのお力なのか……!?」

「偉大なる聖女、メアリさま！　流行病《はやりやまい》で死を待つだけだった牛がみんな、お陰で元気を取り戻しました！」

　牧場主であるという男性が跪《ひざまず》き、バルコニーに立ったメアリに祈りを捧げながら叫んだ。

「――まさかそのお力で、動物たちの『病の源』をすべて消し去ってくださるとは……!!」

（どうしてそんな恐ろしい殺生をしでかした私が、怖がられず感謝される事態に……!?）

　こんなに崇《あが》められる訳は無かったのである。人々を見下ろす形でバルコニーの手摺《てす》りを摑んだメアリは、ふるふると震えながらエドガルドを振り返った。

「え、エドガルドさま……」

「こうなるに決まっているだろう。お前はいま、穢れの持つ強い毒性を利用して、家畜どもを蝕《むしば》む病魔だけを殺してみせたんだ」

　メアリに付き合わされたエドガルドは、当然だと言いたげに目を閉じて言う。

「それを感謝する飼い主は居ても、恐れて気味悪がる者など居はしない」

「勇気を振り絞って行った、私の病魔さんへの殺生が!!」

　メアリがここで行ったことは、すべてエドガルドの言う通りである。

　穢れの持つ悪《あ》しき力は、対象を殺すことが出来る。メアリはエドガルドの力を借り、聖女のときに考案した魔法によって、動物たちを苦しめる病の源に作用させた。

「途中まで！　途中まであんなに良い感じだったではありませんか、それなのにどうして!?」

「いきなり『病に罹《かか》った動物を大量に集め、この国の神殿まで連れて来るように』という通達を出したからな。家畜たちを怪しげな儀式の生贄《いけにえ》にすると思われたことは否めない」

「その路線のまま、ずっと怖がっていていただきたかったのですが……！」

メアリの落胆を知るよしもなく、下では人々が口々に言い合っている。

「穢れをその身に引き受けて下さった上に、こんな素晴らしいものに変えてしまうとは！　これを奇跡と言わずしてなんと呼ぶ？」

「メアリさまー!!　今度うちで採れたチーズを献上しに参ります、本当にありがとうございました！」

（チーズ！）

　暴食の悪女にふさわしい単語を耳にし、メアリは少し身を乗り出した。するとますます歓声が上がり、驚いてしまう。

（皆さまが、あんなに喜んで下さっている……何よりも、牛さんや鶏さんが元気になって）

　悪女として雇われた身の上で、その喜びを表に出す訳にはいかない。口元が綻ばないよう、むんっと力を入れて結んだメアリの肩に、誰かの手が触れる。

「え……」

　エドガルドが、メアリのことを抱き寄せたのだ。

　人々の目を遮るかのように、エドガルドのマントで隠される。腕の中に閉じ込められた状態になって、メアリの心臓がどきんと跳ねた。

　けれどもこれは見上げる人々にとって、手を振る対象を奪われたことになるのだ。

　彼らはエドガルド殿下の行動にどよめいて、狼狽《ろうばい》した様子だった。

「エドガルド殿下……？」

「な、なぜ聖女さまをお隠しに……」

　そんな人々を見下ろして、エドガルドが告げる。

「――メアリの名を、貴様ら如《ごと》きが呼ぶことは許さない」

「！」

　エドガルドの放つ冷たい声音に、すっぽりと抱き込まれたメアリも息を呑《の》んだ。

「これはただの披露目に過ぎないものだ。お前たち民衆に許されるのは、この聖女が俺の所有物であるのを知ることのみ」

（……この振る舞いも、魅了魔法の効果……？）

　エドガルドの言葉だけ聞いていれば、強い独占欲の現れとも取れるものだ。

　けれど、メアリは確信した。

（違うわ。エドガルドさまは、わざと演じていらっしゃる……）

「俺はこの聖女を囲い、誰にも渡さない。……無論、今日これ以降、メアリの力による恩恵を他者に与えるはずもない」

　ざわめきが大きくなってゆく。メアリはエドガルドの腕の中で、以前言われたことを思い出していた。

『挽回など考えるな。今後もそのままの路線でいい、変わる必要は無い。これからは俺がお前に合わせる』

（それはつまり。私が悪女になれない代わりに、エドガルドさまだけがこうして悪い王子さまを演じるということ……）

　メアリが失敗する所為で。

　それに気が付いて、メアリはとても悲しくなった。

「聖女さまは、エドガルド殿下に無理やり従わされているのか……？」

「あれほど素晴らしいお力を持ったメアリさまを、エドガルド殿下が独占しようと……」

　恐らくはエドガルドの意図した通りに、暗いざわめきが伝播《でんぱ》してゆく。

（だけど）

　メアリはそれが、どうしようもない程に悲しかった。

「――俺に抵抗する仕草を見せておけ。メアリ」

「……」

　エドガルドが身を屈《かが》め、メアリの耳元で柔らかく囁《ささや》く。

「俺の言葉を拒絶し、腕を拒んで否定しろ。俺がそれを許さないことで、更に民衆の嫌悪感が高まる」

「…………エドガルドさま」

「ほら」

　これは、強い力で抱き寄せるふりだ。

「早く、俺の言葉に傷付いた顔を見せてやれ」

「……っ」

本当のエドガルドの触れ方は、メアリが呼吸を忘れそうになるほどやさしいのに。

「わかり、ました」

メアリは決意し、ふるふるっと頭を振ってエドガルドから逃れる。階下からバルコニーを見ている人には、それが必死で逃げ出したように見えただろうか。

「聖女さま……！」

「メアリさま、大丈夫ですか!?」

恐らくはエドガルドの目論《もくろ》んだ通り、心配そうで悲痛な声が上がる。

「エドガルドさま……」

だからメアリはエドガルドを見て、大きく息を吸い込む。

（エドガルドさまの『作戦』を破壊させる、魔法の言葉のような嘘《うそ》を……っ）

そう決意し、みんなに聞こえるほどの声量で言い放った。

「――皆さまの前で『いちゃいちゃ』するのは、恥ずかしいから嫌ですとお伝えしたではありませんか……！」

「…………は？」

その瞬間、人々が言葉を失う。

「……メアリ。待て」

「エドガルドさまったらヤキモチ妬《や》きさんで、いつも私を独占しようとなさるのですもの！　こんなに大勢の方々の前で独占欲を出されては、嬉しいけれど照れてしまいます！」

メアリが叫んだその言葉に、人々はぽかんと口を開けている。エドガルドも絶句しているが、構わずに続けた。

もちろんこれは、わざとである。

（だって、エドガルドさまがひとりで悪役になってしまわれるから……）

そのことがとても悲しくて、半ば自棄《やけ》になりながら演技を続ける。

「私に『聖女の力など求めない、代わりに傍に居ろ』と仰ってくださったエドガルドさまですもの。私の力ばかりが注目される状況を案じて下さっているのは、心から感じ取れますが……」

「待てと言って――……」

内心ものすごく恥ずかしいものの、わざとみんなに聞こえるように言った。

「独占欲を示してくださるのは、ふたりのときになさって下さいませ!!」

「メアリ！」

再びエドガルドに抱き締められた途端、眼下のバルコニーがどよめきに包まれる。

「聞いたか？　つまりエドガルド殿下は、メアリさまを心から寵愛《ちょうあい》なさっていると……」

「独占欲……さっきのあれは、そうだったのね？」

エドガルドの冷ややかな視線が向けられるが、メアリはその腕をぐいぐいと押し遣って抜け出した。神殿の方に駆けると、居《い》た堪《たま》れなさによる涙目でエドガルドを振り返る。

「私は今！　これまでで最も悪い女として振る舞った、その自負があります‼」

「お前……」

その上で、ふんす、と宣言した。

「これぞ公衆の面前で『いちゃいちゃ』して人々を不快にさせる、『色欲の悪女』！

……それでは、お叱りは後で受けますので追わないでください‼」

「メアリ！」


バルコニーのエドガルドに背を向けて、神殿の中へと全力で駆け込む。

こうして後に残った民衆は、エドガルドの背中を見上げながらも、ざわざわとそれぞれにささめき合うのだ。

「エドガルド殿下は未来の妃殿下を愛するがあまり、俺たちに見せるのも嫌なんだなあ」

「素敵！　あんなに冷たそうでいらっしゃるのに、まさかの愛妻家だったなんて！」

「常日頃からそうなんだな。メアリさまのことが、よほど大切で……ひいっ‼」

エドガルドが静かに睨《にら》み付けると、全員がそそくさと帰り支度を始める。家畜たちを連れ帰ろうとしている民衆を見下ろして、エドガルドはくしゃりと前髪を掻《か》き上げた。

「くそ。あいつは本当に、何処《どこ》までも俺を……」

独白のあとに溜め息をつき、メアリを追うためにバルコニーを出ようとした、そのときのことだ。

「エドガルド・ヴィル・ハンクシュタイン殿下」

「――――……」

バルコニーに現れた人物を前に、エドガルドは足を止めた。

「……貴様は」

そして心から不快そうに、その姿を睨み付けたのである。


「……迅速に謝罪をしなくては……」

アイゼリオン国の神殿を、メアリはとぼとぼと歩いていた。

黒の大理石で作られた建物は、メアリが暮らした大神殿と雰囲気が違う。

けれどとても広いのは同じであり、足音が静かに反響して、辺りには誰も居る様子がなかった。

（エドガルドさまの計画を、悉《ことごと》く邪魔してしまっているわ。よくよく考えたら私、エドガルドさま限定の悪女になっているんじゃないかしら……）

そんなことを考えると、申し訳なさで胸が痛む。

（……エドガルドさまが、悪者だと誤解されるのが嫌だなんて。一介の雇われ人が、雇用主に大それたことをしてしまった……）

けれども同時に、メアリは怒ってもいるのだ。

（大勢の前で私に意地悪のふりをして、それでご自身を貶《おとし》めようとなさるなんて！　こんなに大胆に計画を修正するなら、私にもやっぱり教えて欲しかった。契約内容の一方的な変更は、雇用契約に抵触するんじゃないかしら！　やっぱりもう一度、これについては話し合いをしなくちゃ）

そう思ってきりっと背筋を伸ばすものの、数歩ほど歩いたあとですぐに萎《しお》れる。

（……変更せざるを得なくなったのは、私の悪女が下手くそだからだわ……）

ゆっくりと足取りが鈍くなり、ついには立ち止まってしまった。

（そもそも私。エドガルドさまが怖くて悪い人だと思われることが、どうしてあんなに嫌だったのかしら？）

けれども考えれば考えるほどに、あの『新たな作戦』が成功しなくて良かったという気持ちになる。

（嫌なのは、当たり前ね）

それに気が付き、メアリはゆっくりと目を伏せる。

（――エドガルドさまから頂いたようなやさしさを、生まれてから一度も知らなかった）

それを受け取ったときの温かさは、この先も忘れることが出来ないだろう。

（たとえそれが、魅了魔法での想《おも》いによるものだとしても）

メアリにとっては宝物だ。

どんなに凍えた場所を歩くときも、この温かさがあれば進み続けられると、そう思えるほどに。

（エドガルドさまの目的は、王にならないことだわ。……悪女業務を失敗する分、他の何かでお役に立てないかしら……）

長い長い回廊の途中で、メアリはそっと柱に寄り掛かる。

（エドガルドさまを選んだ守護神が祀《まつ》られる神殿。本当に、大きな建物）

目を瞑《つむ》り、大理石のひんやりとした冷たさを感じ取った。

（国ごとに違う神を祀るから、それぞれ神殿の内装や造りが異なってくるのよね？　そのことを知識では知っていたけれど、こうして自分が訪れるのは不思議だわ）

神殿の大きさは、その国の守護神の強さに比例して大きくなる。

なにしろ人同士が戦争をする際には、相手国の神を狙うのだ。

神殿に祀る神を殺された国が負けとなり、敵国の神に取り込まれる。勝った国とその守護神はそうやって、国土や守護する対象を広げてゆくのだった。

（各国の神殿には神さまが居て、普段は目に見えないけれど、神殿が侵略されるような有

事には姿を現して戦うのよね）

　そのときだけは、触れることも声を聞くことも出来るのだという。つまりは攻撃や魔法も通用するということだが、人間の強さとは比にならないそうだ。

（神さまに勝てる人間は滅多にいない。だから、国が滅ぶような戦争が起きることは、長い歴史の中でも数少ないはずだけれど……）

　その戦争に、エドガルドも参加している。

　アイゼリオン国はその中で、他国を侵略して取り込んだ実績のある、数少ない国だ。

（神さまを殺せば、その国も我が物に出来てしまう。……エドガルドさまには、そうしてきた過去がある）

　そこでふと、メアリは気が付く。

（王になることを、あんなにも敬遠していらっしゃるのに）

　寄り掛かっていた柱から身を起こし、そこに刻まれた神の彫刻に目を向けた。

（エドガルドさまは、この国の守護神を殺そうとはなさらないのだわ――……）

　エドガルドはここにいる神に、王になることを選ばれてしまった。

　だからそれを拒絶するために、様々な策を講じているはずだ。

（自国の神を殺すなんて聞いたことがないし、不測の事態を避けるためなのかしら？　アイゼリオン国はどんな神さまに守護されているのか、学んでおきたい……とはいっても）

　再び先ほどのことを思い出して、ずうんと反省の感情に沈み込む。

（何よりもまずは、もっとしっかり悪女を務めなくては……！）

真《ま》っ直《す》ぐに前を睨み、気合を入れて背筋を正した。

（エドガルドさまのもとに戻らなくちゃ。たくさんお詫《わ》びをして、その上で他のやり方がないかをご相談するの）

エドガルドが悪役として振る舞わず、メアリの不出来な悪女ぶりでも、なんとか神に嫌われる方法を模索したい。そう思い、来た道を振り返って歩き始めたところで、向こうから響いてくる足音に立ち止まった。

「本当にこの神殿に来ていたのか。メアリ」

「え……」

思わぬ人物の姿に、メアリは目を丸くする。

（まさか）

さらさらした金色の髪に、青色の瞳。

かの国の色を象徴する白の軍服と、整っていて穏やかそうなその顔立ち。メアリを見て困ったように笑う表情も、決して見間違えるはずがない。

「会いたかった。あのときどうして君を行かせてしまったのか、ずっと後悔していたよ」

こちらに歩いてくる美しい青年の名を、メアリは驚きながら口にした。

「クリフォード殿下……？」

ここにいるはずのない『元』婚約者が、疲れ切った表情で微笑んでいる。

メアリは無意識に身構えつつ、クリフォードに尋ねた。

「一体なぜ、クリフォード殿下がこちらに……？　神殿への立ち入りは、その国の国民にしか許されないはずです」

神殿には守護神が眠っており、守護神を殺《あや》められれば国が落ちる。その性質上、ここは国防のための重要拠点だ。

（ましてや、他国の王太子なら尚更《なおさら》だわ）

こちらにゆっくりと歩いてくるクリフォードが、徐《おもむろ》にこう話し始める。

「君が居なくなってから、諸外国の王が怒って大変なんだ。どうして浄化を行うのが筆頭聖女ではないのだと、大神殿の司教たちに詰め寄っていてね」

「皆さまが、ですか？」

「いままで『聖女ふたりで』行っていた浄化が、今後ニーナひとりに集中することを危惧しているのだろう。無理もない」

その言葉を不思議に思い、メアリは首を傾げた。

（これまで日常の浄化を行なっていたのは、私ひとりだわ。浄化だけじゃなく、豊穣《ほうじょう》の祈りや雨乞いの歌も、疫病を退けることも——ニーナが浄化を行うのは、人目に触れる式典のときだけ）

それ自体に思うところがある訳では無いが、元婚約者が口にした言葉は気に掛かる。

（クリフォード殿下はそのことを、ご存知《ぞんじ》だったはずなのに）

微笑んでいるクリフォードは、やはり顔色が悪いようだった。

「各国に生まれ落ちた聖女の役割は、国のために祈りを捧げることだ。けれど君も知っている通り、ここ数十年で聖女の生まれない国が増えつつある。――そんな国々のために祈りを捧げることが、どの国にも属さない『大神殿の聖女』の役割だろう？」

（建前上はそうだと聞いているけれど。とはいえ大神殿に引き取られた聖女は代々、最大の出資者であるクリフォード殿下の国と、政略結婚をさせられてきたのよね？）

今回だって、そもそもメアリは大神殿の司教に売り飛ばされた身の上で、それをエドガルドが買っただけだ。

それを口には出さず、引き続きクリフォードの話に耳を傾けてみる。

「各国は必死だ。自国に穢れが溜まった場合に、ニーナがひとりで浄化しきれないことを恐れている。その結果、大神殿を管理する立場である我がレデルニア聖国に対しても、彼らの風当たりが強くなっていてね……」

「まあ。それはおいたわしい」

クリフォードが疲弊している理由を悟り、メアリは両手で口元を覆った。

「だが、王たちの懸念は決して大袈裟なものではないはずだ。……メアリ、君だって聖女を持たない国々を見捨てたい訳ではないだろう？」

「！」

「穢れが溜まれば作物は育たなくなり、民が飢えてしまう。彼らは何も豊穣の祈りのような、自国を特別に豊かにする力を欲している訳じゃない……」

　クリフォードは額を押さえ、悲痛な声で言う。

「君が居ない現状で、大神殿はどうやってその国々の民を救えばいいんだ？　教えてくれ、メアリ……」

「……その方法は、ひとつですね」

　顔を上げたクリフォードが、メアリを見て頷いた。

「ああ、ひとつしかない。君も分かってくれていたんだね」

「はい、クリフォード殿下。私が去り、ニーナだけになってしまった大神殿で、遠くの国々をも浄化する方法……」

　きりっとした表情を作り、メアリは告げる。

「――それはつまり。司教さまたちにも毎日休憩込み、最低五時間は働いていただくことです！」

「……え……っ？」

　何処か困惑した表情のクリフォードには、更なる説明が必要なようだ。

「各国に聖女の祈りを届けるにあたり、もっとも壁になるのは距離でして。遠くの神殿におわす神々に関与するのですから、ちょっとしたコツがいるのです」

「そ……そう、なんだ？」

「恐らくニーナの手が回らなくなるとすれば、その辺りの対応が発生するのが理由かと。

ですがご安心、大神殿には大勢の司教さまたちがいらっしゃいますよね？」

ここでは細かいことを伝えず、概要だけを掻い摘《つま》んで説明した。

「司教さまがニーナを連れて転移したり、力を合わせて祈りのための魔術路を繋いだり、そうした協力をして下されば問題ありません。もちろんニーナも忙しすぎることはなく、のんびりする時間も充分取りながらのお勤めになるかと」

「…………」

なにせ大神殿の司教たちは、メアリが引き取られてから今日までの間、十年以上に及ぶ休養期間を過ごしてきたのだ。

彼らがやるべき仕事はすべて、メアリひとりが寝る間を惜しんで働けば賄えた。これからはメアリが居なくなったので、休んでいた仕事を再開してもらうということになる。

「メアリ……」

こちらを見るクリフォードの双眸に、失望の色が浮かんだ。

「この短期間で、君はとても変わってしまったんだね。誰かを思い遣る心を失って、こんなにも利己的な女性になっているだなんて……」

「クリフォード殿下？」

小さな声で呟かれ、メアリにはまったく聞き取れない。王太子教育を受けているクリフォードが、こんなにも聞き取りにくい声色で話すところを初めて見た。

「私が父上にひどく叱られ、国での立場が危うくなっていることも……。挽回できなければ王太子の座を剝奪されることも、どうして察してくれないんだ……」

「クリフォード殿下、申し訳ございません。もう一度仰っていただいてもよろしいですか?」

けれどもクリフォードは顔を上げない。くちびるだけが動いていて、ほとんど独白のようだった。

(クリフォード殿下は優秀で、これまでに一度も失敗したことがないお方だもの)

各国の王から責められて、消沈してしまっているのかもしれない。

(大神殿への寄付事業は、クリフォード殿下がお父君からすでに引き継いでいるお仕事だものね。仕事で計算外の事態が起きて落ち込む気持ちが、いまならよく分かるわ)

まさに自分の悪女下手に落ち込んでいる所だったメアリは、クリフォードの青白さがますます心配になる。

つい先日までは婚約者だった相手を励ますべく、彼にそっと声を掛けた。

「クリフォード殿下。まずは一度、しっかりお眠りになられてはどうでしょうか」

「メアリ……」

「ご自身を責めるあまりに健康を損なってしまっては、改善の対処を取ることも出来ません。ですから何卒《なにとぞ》――」

「それもこれも、あんな男と婚約した所為なのか」

突然はっきりと聞き取れた声に、メアリは目を丸くした。

「――君は一体、いつのまにエドガルド殿と?」

「クリフォード殿下……っ」

メアリが制止する暇もない。

クリフォードが発動させたその魔法が、光の蔦《つた》になってメアリに襲い掛かる。

蔦が手首にきつく絡み、メアリを強く縛り上げた。そのまま両手を上に固定され、足こそつくものの吊《つ》るされたような体勢になる。

「殿下、一体なにを……！」

自由を奪われたメアリを前に、クリフォードはふっと笑うように目を細めた。

「君を大神殿に連れ帰るよ、メアリ」

目元に色濃い影を落としたクリフォードが、やさしい声音で語り掛けてくる。

「聖女をお金で買った相手との婚約なんて、神々がお許しになるはずもない」

「――こちらに来ないで下さい。クリフォード殿下」

「大丈夫、怖がらないで。司教たちに叱られないように、ちゃんと私が君を守るからね」

「来ないでと、そう申し上げております」

メアリが真っ直ぐに目を見て告げると、クリフォードは何処か意地悪く口の端を上げた。

「そのおねだりを聞き入れなかったら、君はどうするの？」

「それは……」

「何も出来るはずがないよね？　君は聖なる力を宿す聖女、他者を攻撃することは許されない。攻撃魔法が使えなければ拘束からすら逃れられないのに、それで――……」

ごおっと凄まじい音を立てて、メアリの上に火柱が噴き上がる。

「…………!?」

メアリを縛っていた蔦は、その炎で呆気《あっけ》なく焼き切れた。

浮いていた踵《かかと》を床につけ、手首に残る蔦を解き捨てながら、メアリは煤《すす》けた天井を見上げる。

（真っ黒な煤が目立たないわ！　この神殿の大理石が黒で、本当に良かった……！）

「い……いまの業火はなんなんだ!?」

動転しているクリフォードに、メアリははっきりとこう告げた。

「私の使った火魔法です」

「禁忌を犯したというのかい!?　聖女が禁じられている攻撃魔法を使うなんて、どれほど罪深いことか。君が知らないはずもないだろう……！」

「ずっと誤解をなさっていますが、私はもう聖女ではありません」

「何を言って……」

自らの胸元に手を当てて、そっと目を伏せる。

「いまの私は悪女なのです。……エドガルド・ヴィル・ハンクシュタインさまの、婚約者」

たとえ失敗だらけの雇われ悪女であっても、メアリはこの肩書きが嬉しいのだ。

だから真っ直ぐにクリフォードを見据え、くちびるに微笑みを浮かべると、堂々と胸を張って言い切った。

「聖女としての禁忌を犯すなんて、語らずとも当然のことでしょう？」

そんなメアリに、クリフォードが息を呑む。

けれどもクリフォードはすぐにはっとして、声を震わせた。

「……なんという、愚かなことを……！」

燃え落ちた蔦から火が出ないよう、ドレスをたくし上げて残り火を踏み締めていたメアリは、顔を上げて首を捻《ひね》る。

「クリフォード殿下？」

「分かっているのかいメアリ！　大神殿に反いては、君は本当に戻れなくなる。それだけの力を持っていながら、もう二度と聖女として生きられなくなるんだ……！」

「そ、それが何か？」

クリフォードの手がメアリの肩を押さえる。

「いけないよ。力を持って生まれた者が、それを果たさないなんて間違っている」

「！」

その言葉を聞いて、反射的に体が強張《こわば》った。

クリフォードはそんなメアリを見下ろして、やさしくあやすように微笑みかけるのだ。

「私たちは幼い頃から、ずっと司教たちに教わってきたじゃないか。地位を持ち、能力を持った人間は、持たない人々を助けなくてはならないと」

「……それ、は」

そうして思い出してしまうのは、クリフォードの言う通りの教えだ。

『優れた力を持って生まれた、その時点でお前は幸運なのだ。あとのすべての人生が不幸であろうとも、それで帳尻を合わせられるほどに』

『司教さま……』

小さかったメアリに向けて、彼らは繰り返しそう説いた。

『安心して眠る場所がない民を思えば、お前が勤めのために眠れないのは些事《さじ》であろう』

『次の食事が約束されているという事実だけで、この世界の大半の人間よりも恵まれているのだぞ。分かったら早くそのパンを食べて、次の祈りを捧げなさい』

『お前は人と違う能力を授かり、その恩恵によって努力せず生かされている』

『自分の生き方がどれほど幸せなものなのか、よく分かっただろう？』

足元が少しだけぐらぐらして、立っていられないような錯覚を覚える。

「その力を持つ以上、君が聖女であることは当然の義務なんだ……！」

メアリの双眸を覗《のぞ》き込んだクリフォードは、肩を揺さぶりながら続けた。

「司教たちには私から話しておく、すぐに大神殿に戻る手筈《てはず》が整うよ。安心してくれ、今までの暮らしが変わらずに帰ってくるから」

「や……っ」

「ねえメアリ。君だって君の我《わ》が儘《まま》の所為で、民たちを苦しめたくないだろう？」

「！」

メアリが思い出したのは、エドガルドのもとに来てから接した人々の表情だ。

大神殿で祈りを捧げるだけでは、民の言葉や笑顔に触れる機会などなかった。

下手くそな悪女ではあったものの、それによって見ることの出来た彼らの喜ぶ顔は、これまでのメアリには得られなかったものだ。

（……だからこそクリフォード殿下の仰ることが、前よりもはっきり想像できてしまう）

このアイゼリオンは、聖女を持たない国のひとつである。聖女がいない他の国々の国民も、メアリが今日まで出会って来た人と同じだろう。

（私が神殿に戻らなければ、各国の人々が……）

心臓の辺りに、翳《かげ》りの感情が滲《にじ》んでゆく。

クリフォードはメアリの表情を見て、ほっとしたように説得を重ねた。

「戻ろうね、メアリ。大神殿へ」

「私は……」

「そして今までの、無欲な筆頭聖女である君にも戻ろう」

その声音は、婚約していた頃と同様にとてもやさしい。

「自分のことばかり考えるような、欲深い悪女になんて、どうかならないで」

「……っ」

そのときだった。

「!!」

燃え盛るような殺気を感じ取る。メアリが振り返ると同時に、凄まじい雷光が迸《ほとばし》った。

「く……っ!?」

クリフォードは咄嗟に反応し、自身の眼前へ結界を張ろうとしたようだ。それでも衝撃に耐え切れず、吹き飛んで柱に背中を打ち付ける。

「――貴様」

こつりと硬い靴音が響き、転移魔法の光から影が現れた。

「誰の許しを得て、メアリの肩に触れている？」

「っ、あなたは……」

「口を開くな。貴様如きの雑音じみた声が、メアリの耳に入ることすらおぞましい」

現れた青年はメアリに手を伸ばすと、クリフォードから庇《かば》うようにぐっと抱き寄せる。

「エドガルドさま……！」

「無事か。メアリ」

その声に、メアリは途方もなく安堵《あんど》してしまった。

メアリの背中に回された腕の力は、先ほどのクリフォードよりもずっと強くて強引だ。

それなのに、この手は決してメアリを傷付けることがないのだと、心の底から実感してしまった。

「なんとも、ありません」

「なんともなくはないだろう」

大きな手がゆっくりと、メアリの頭を撫でるように触れる。

「……泣きそうな顔をしていた」

「……私が……？」

そんな自覚がなかったので、メアリは緩やかな瞬きを重ねた。

エドガルドが不機嫌そうに顔を歪《ゆが》め、柱の前で蹲《うずくま》り咳《せ》き込むクリフォードを見下ろす。

「お前に視線で制されていなければ、こんな男は殺しているところだ」

先ほどの雷撃は、クリフォードの結界によって防げた訳ではない。エドガルドが加減したからこそ、結界ごと砕かれて絶命せずに済んだのだ。

「貴殿が……エドガルド・ヴィル・ハンクシュタイン殿か」

床に手をつき、浅い呼吸を繰り返しながら、クリフォードが身を起こした。

「貴殿の行いは、暴挙という範疇《はんちゅう》を超えている……。筆頭聖女メアリ・ミルドレッド・メルヴィルを独占することなど、許されるはずもない……！」

「ふざけたことを」

腕の中で聞いているだけのメアリですら、背筋が凍えそうなほどの冷たい声だ。

その一方で、メアリを撫でてくれる手はやっぱりやさしい。背中に触れて、メアリのことを落ち着かせるように、柔らかく甘やかすようにあやされる。

「メアリは俺の花嫁だ。俺が独占し、誰にも渡さぬように愛《め》でて然《しか》るべきものだが？」

「金銭で、彼女を得ておきながら……！」

「メアリの道徳心と罪悪感を刺激し、無給で縛り付けて搾取するのと変わりはしないな」

「！」

エドガルドの言い放ったことが、クリフォードにとっては思いもよらなかったのだろう。知らない言葉を耳にしたかのように、クリフォードが呟く。

「搾取……？」

「転移の瞬間に聞こえていたぞ。大神殿に居たころの酷《ひど》い扱いを、メアリが平然として話す理由がよく分かった」

「……違う。司教たちは世界中の神に繋がる者として、メアリに務めを果たさせようと」

「他人のためにメアリが犠牲になることを、誰もが当然だと思ってきたのだろう？」

心から憤っている口ぶりに、メアリは驚いてエドガルドを見上げた。

「誰かが手を掛けた料理を出してやれば、メアリは幸せそうにそれを頬張る。年頃らしい衣服を用意すれば目を輝かせ、意匠に喜び、生地の手触りを楽しむ様子を知っているか？」

「エドガルドさま……」

「仕事のために創意工夫を凝らそうとし、上手く行ったと思っているときは誇らしそうにして、それが失敗だと知ると分かりやすく落ち込む」

エドガルドがメアリを見詰め返し、何かを思い出したかのように目をすがめる。

「……甘いものを口に入れてやれば、蕩けるように愛らしく笑う」

「！」

チョコレートの一件を思い出し、メアリは反射的に顔が熱くなった。エドガルドは再び前を見据えると、冷ややかなまなざしでクリフォードを蔑《さげす》む。

「——たったそれだけである感情の、何処が欲深いものだというんだ？」

「……っ」

クリフォードがぐっと言葉に詰まり、エドガルドをただ睨み付けた。けれどエドガルドからしてみれば、そんな視線はどうでもいいようだ。

「本当に無欲な筆頭聖女だったのではない。貴様らはメアリがそういった存在でなければ、生きることすら許さなかった」

「違う!!　私は搾取した訳じゃない。彼女が立派に務めを果たせるよう、傍で支えて励ますのが私の役割で……!!」

「いまのメアリが抱いている望みや喜びは、どれも人間にとって当然のものだ」

先ほどからメアリが俯いている理由を、エドガルドは察してしまっているだろうか。

（そんな風に、思っていて下さったの……？）

メアリが美味しいものを食べて、美味しいと嬉しくなっているときも。

綺麗なドレスが幸せなときも、悪女を務めるための作戦立案が楽しいと感じているときも。それが失敗してかなしいときも。けれど誰かに喜んでもらえるのを、内心で喜んでしまっているときも。

（エドガルドさまは、ずっとそれを慈しんでいて下さった）

小さな頃、温かな寝台に憧れたのを思い出す。

その憧れも忘れたあと、エドガルドの城で眠った寝台の温かさに驚いたのだ。だというのに、それよりももっと温かな腕があるなんて知らなかった。

「そういった欲を持つことが、貴様や司教どもの言う悪なのであれば」

メアリの髪を指で梳《す》きながら、これまでで一番やさしい声が紡がれる。


「……俺には、その悪女が誰よりも愛《いと》おしい」

「……っ！」


透き通った紫色をしたエドガルドの瞳は、メアリをやさしく見下ろしてくれているのだろうか。

それを確かめることが出来ないのは、いまの顔を見せたくないからだ。

エドガルドにぎゅうっとしがみつき、涙が溢《あふ》れそうになるのを堪えたかったのに、どうにも我慢出来そうにない。

（私もです）

心の中だけで懸命に、こう告げる。

（――……私も、エドガルドさまのことが愛おしい……）

こんなに何かを欲しいと思ったのは、生まれて初めてのことだと気が付いた。

「彼女の欲をすべて満たしてやれる権利は、ただひとり俺だけが持っている」

エドガルドのはっきりとした断言に、どうしても泣きたくなる。

「聖女を崇めるだけの者や、ましてや搾取するだけの愚劣な人間に、強欲などと評させるつもりはない」

「エドガルドさま。私……っ！」

勇気を出して顔を上げ、抱き締めてくれている彼を見上げた。

「私は、あなたのことが……」

けれどもエドガルドと視線が重なった瞬間、メアリは息を呑む。

（やさしい、まなざし）

夜の海の波打ち際に居るかのような、寄る辺ない気持ちで立ち尽くした。

（……私が、魅了魔法で無理やりに……）

「――メアリ？」

愛おしそうに頬を撫でながら名前を呼ばれて、メアリははっとする。

「なんでも、ありま……」

震えるくちびるで否定しようとした瞬間に、ふわりと柔らかな光が舞う。

「……あら」

落とされたのは、愛らしい鈴の音にも似た声だった。

「皆さま、こちらにいらしたの？」

転移によって現れたのは、春の花びらを重ねたような水色のドレスに身を包んだ少女である。

さらさらとした金色の髪に、桃色の瞳。愛らしい小さなくちびる。随分と久し振りに顔を見た気がする十五歳の少女は、拗ねて甘えた声音で言った。

「ひどいです、私を交ぜて下さらないなんて。せっかく姉妹が再会する機会だというのに、皆さまとっても意地悪なのですね？」

その少女が首を傾げると、金糸のような髪が流れる。

「ね。……メアリお姉さま」

「ニーナ！」

異母妹が目の前に現れても、クリフォードの時ほどは驚かなかった。

（他国民の出入りが制限されている神殿でも、例外はあるわ。ひとつは聖女や大神殿の司教さまのような、どの国にも属さないとされている存在……それから）

先ほど抱いた疑念が解消されて、クリフォードの方を見遣る。

（聖女を守る存在も。……クリフォード殿下はレデルニア国の王太子としてではなく、ニ

ーナの護衛としてこの国の神殿にいらしたのだわ）

だからこそ転移魔法の許可が下り、結界が限定的に解除されたのだろう。

（そうだったのね。……それから、エドガルドさまが私を追っていらっしゃったのが、あのタイミングだった理由も……）

メアリをすぐに追ったというよりも、誰かと話をしてきたかのような頃合いだった。

「ニーナ。どうしてあなたがこの神殿に？」

「どうしてって……噂が聞こえて来たのですもの。聖女の地位を奪われてアイゼリオン国に逃げ出したお姉さまが、なんだか未《いま》だにその真似事をなさっているって」

ニーナはくすっと微笑んで、楽しい悪戯を考えている子供のような目をする。

「だから私、止めたくて。――だってそんなの、おかしいではありませんか」

「ニーナ……」

「お姉さまは司教さまたちに認められなかったのです。だから追い出された、そうでしょう？　ようやく大神殿からお姉さまが居なくなって、皆さまが私の凄《すご》さを知って下さると思いましたのに……」

拗ねてくちびるを尖《とが》らせる、幼い仕草も愛らしい。

「大神殿よりも広い世界で、お姉さまが崇められるなんて。そんなのは許されるはずありませんよね？」

「……メアリ」

エドガルドの低い声に、はっきりとした苛立《いらだ》ちが滲んでいる。

「あの女も、お前が構わないならすぐさま排除してやるが。……どうする？」

「お、お待ちくださいエドガルドさま」

排除という言い方は間違いなく、不穏当な手段を表すのだろう。

「ニーナ」

メアリは妹の名前を呼びながら、エドガルドに守られていた腕からするりと離れる。

「私が居なくなった後、ご飯はちゃんと食べている？　ちゃんと眠れているかしら」

「……当然ですわ。クリフォード殿下が大袈裟に仰ったのかもしれないけれど、私はもっと浄化出来ますの。なのに司教さまたちが、私からお勤めを取り上げるのですよ？」

ニーナの愛らしい顔から感情が消えると、その面差しは人形のようだ。

「これでは、お姉さまがいらした頃と何も変わりません」

「……ひとつだけ教えてほしいの、ニーナ」

メアリは切実な思いを込めて、彼女に切り出した。するとニーナはクリフォードの傍に膝をつき、治癒魔法を掛けながら微笑む。

「何でもお尋ねになって？　便利に働いてくれていたはずのお姉さまが追放されることになった、その計画を主導した人間をお知りになりたいでしょうか。あるいはお姉さまの味方のふりをして、今は手のひらを返したように私を崇める国王さまたちの一覧を？」

「そんなことはどうでもいいの。それより」

メアリはおずおずと挙手をして、ニーナに尋ねる。

「――聖女の真似事、とは？」

「……は？」

その瞬間、微笑みでも無表情でもない表情がメアリを見上げた。

「この期に及んで、何を白々しいことを仰っているのですか？」

「私は大神殿を出るときに、もう二度と聖女としての生き方はしないと決めているの。エドガルドさまのもとに来てからは、聖女ではなく別の業務を頑張っているところなのよ」

「別の、業務」

「ニーナ。私ね」

メアリは振り返り、たたっとエドガルドの方に駆け寄る。エドガルドの隣に立つと、きらきらの笑顔で堂々と胸を張った。

「エドガルドさまのもとで、今度は悪女を目指しているの！」

「――――……」

しん、と神殿が静まり返る。

エドガルドだけは俯いて、何やら目元を覆っていた。複雑そうな顔をしているクリフォードの隣で、ニーナが瞬きを繰り返す。

「何を、仰っているの……？」

「ちょっと失敗ばかりだけれど。今度は人に憎まれて嫌われる、そんな悪女になるため頑張っているわ」

「つまり……お姉さまは意識して聖なる者のように振る舞っていなくとも、紛《まご》うことなき聖女でいらっしゃると？」

ニーナの声が震えている。

心配になって傍に行こうとしたメアリの体が、抱き上げられてふわりと浮いた。

「その通りだ」

「！」

エドガルドがメアリを傍に寄せ、再び腕の中に庇ってくれる。

「飢えた民のために作物を実らせ、大精霊に慕われることも。人前で侮辱されている者を助け、その地位を向上させる言動を取ることも、家畜の疫病を治癒するのも。メアリはそれらの一切を、聖女として行ったのではない」

（悪女として。悪女として頑張りましたので！）

心の中でそう思いつつ、言葉には出さないでおく。

「大神殿の聖女。お前では、メアリと競えるはずもない」

「……っ」

「分かったなら――」

エドガルドはニーナとクリフォードの前に手を翳し、こう唱えた。

「そろそろ消えろ」

「!!」

強い光が爆《は》ぜ、ニーナたちを包む。

ほんの少しだけ焦ったものの、今のは攻撃魔法の類ではない。

「強制的に、転移させたのですか……」

相手の体に触れない転移は、魔力をひどく消費する上に安定しない。あまりやりたくない方法のはずだが、エドガルドは手段を選ぶ気がなかったようだ。

「不愉快な侵入者どもを、生きてこの国から出してやっただけマシだろう」

エドガルドは心底不機嫌そうに言いながらも、再びメアリを見下ろした。

「……このまま城に戻るぞ。改めて確認をする必要がある」

「確認？」

「お前が」

やさしいまなざしを向けられて、メアリの心臓がどきりと跳ねた。

「本当に何処にも怪我をしていないか、それを険《あらた》める必要があるだろう？」

「きゃ……っ」

浮遊感と共に転移魔法が発動し、思わずエドガルドにしがみつく。

途端に心臓の鼓動が速くなったのは、彼に触れているからで間違いがない。メアリはそのことを実感しながら、エドガルドの魔法に身を委ねるのだった。

（エドガルド殿下。アイゼリオン国の神によって選ばれた王太子であり、メアリお姉さまの現在の婚約者……）

聖女ニーナは、無理やりに飛ばされた大神殿の聖堂で、ぼんやりと先ほどまでのことを思い出していた。

（せっかく汚名を着せて追放しようとしたお姉さまを、お金を出して買い取ってしまった殿方。聖女のいない国の王太子なら、浄化の力が目当てで間違いないはずだったのに）

十数分前、あの神殿のバルコニーで、ニーナはエドガルドに声を掛けた。

心から不快そうに顔を歪めたエドガルドは、それでもこちらの話を聞く気になったようだ。手段を選ばずに接近してきたニーナが、何を考えているのか知りたかったのだろう。

あのとき神殿内の応接室で、クリフォードの他に連れて来た護衛が見守る中、ニーナは向かいの椅子に座ったエドガルドにこう告げたのだ。

『お姉さまを解放してくださいませ。エドガルド殿下』

『断る』

返って来たのは、とても意地悪な即答だ。

『用件はそれだけか？　時間を割いたことが馬鹿馬鹿しくなるな』

『お待ちになって……！』

瞳を潤ませて上目遣いで、とびきり可愛らしくエドガルドを見詰める。

『母の異なる姉妹といえど、メアリお姉さまは私にとって最後の家族……。お姉さまが遠い国で辛《つら》い目に遭っていらっしゃると思うと、居ても立っても居られないのです！』

けれども彼の表情は、ますます不快そうになるばかりだ。

『メアリのことが心配だと？』

『当然です。私が婚約者のいる身でありながら、はしたなくもエドガルド殿下にお会いしたいなどと申し上げたのも、すべてはお姉さまのために……』

そんなことを訴えながらも、手応えがないことは分かりきっていた。

（変ね。私がこうやってお願いしているのに、あんなに怖いお顔をなさるなんて……）

ニーナに絆《ほだ》されない男は珍しい。その上、こうして心の底からの侮蔑を向けてくる人間なんて、ただのひとりも居なかった。

『本当にメアリを案じているのならば、彼女はなぜ大神殿でひとりきりだった？』

『――――……』

ニーナはこれまでの微笑みを消し、エドガルドを見据えた。

（このお方、ひょっとして……？）

その可能性に思い至り、くすっと笑いを溢《こぼ》す。

（エドガルド殿下が、一体なぜ私に興味を示さないのか分かりましたわ）

それはつまり、魔法で強制的に洗脳されているからだ。

『エドガルド殿下が呪われた王太子殿下だなんて、嘘だったのですね』

ニーナはそっと俯くと、手にした扇子で目元を隠す。

『だって、ちゃあんと効いているようですもの』

ひとつの魔法を発動させると、自身の双眸に暖かさが宿るのを感じた。

くちびるを微笑ませたニーナは、ぱちんと扇子を閉じる。

『お姉さまの、魅了魔法が……！』

『…………』

魅了の力を帯びた両目で、ニーナは真っ直ぐにエドガルドを見詰めた。きんっと高い音を立てて、視線の重なったエドガルドに魔力が流れ込む。

（お姉さまよりも私の方が、魅了魔法はずうっと得意ですもの）

それならば、メアリの魅了をニーナの魔法で上書きしてしまえばいい。

（たったこれだけで、エドガルド殿下も私の傀儡《かいらい》に……）

もう一度メアリの解放を懇願し、命じようとした、そのときだった。

『——くだらない』

『!!』

殺されるのではないかと思うほどに、冷ややかな声音だ。

『……え……』

『いよいよ価値がないと証明出来た。もう二度と、謁見の要請など送ってくるな』

『何故……!?　私の魅了魔法の方が、お姉さまよりもずっと強力なはずです……!!』

『ふざけたことを、のうのうと』

立ち上がったエドガルドは、こちらを僅かに振り返って言った。

『俺の前で、貴様は何ひとつメアリに勝るところはない』

『……っ!!』

それからエドガルドが退室したあと、ニーナはしばらくのあいだ呆然《ぼうぜん》と座っていた。

そして今も、エドガルドによって転移させられた大神殿の聖堂で、クリフォードの傍に座り込んでいる。

「メアリは本当に、どうしてしまったというんだ……」

ニーナ同様に呆然としたクリフォードが、ぽつりと呟く。

「ニーナ、もう一度エドガルド殿にお会いしよう。メアリはひょっとしたら、彼に魔法で操られているのかもしれない」

「……そのように悠長な手段など、取っていられるはずもありませんわ」

そっと手を伸ばしたニーナは、クリフォードの手を両手でやさしく包んだ。

「お願いです、クリフォード殿下。私を、あなたの国の神殿へ連れて行って下さいませ」

「し、神殿へ?」

クリフォードは困惑を隠さない。ニーナが彼の国の神殿に向かう理由が、まったく想像出来ていないのだろう。

「私がお姉さまに勝てないと、そんな意地悪を仰るのであれば……」

エドガルドに突き付けられた侮辱を思い浮かべ、ニーナは微笑む。

「私はもっと意地悪なことで、思い知らせて差し上げませんと」

「……君は一体、何を……」


エドガルドがメアリを抱えて転移したのは、エドガルドの部屋だった。

初めて立ち入った彼の部屋は、とても広いのにほとんど物がない。寝台と長椅子、テーブルがぽつんとあるだけで、ひどくさびしいものに感じられた。

エドガルドは無言でメアリを寝台に運ぶと、その上にぽすんと降ろす。

そのまま仰向《あおむ》けに転がされたと思ったら、エドガルドが同じ寝台に乗り上げた。

「え、エドガルドさま……」

メアリの傍らに手をつき、覆い被《かぶ》さるようにして見下ろされる。

「少しの間、じっとしていろ」

「……っ」

これほど近い距離からそう告げられて、メアリは思わず息を呑んだ。

自覚したばかりの恋心を寄せている相手が、ドレス越しにそっとメアリの肩へ触れる。

メアリは思わず手を伸ばし、エドガルドの上掛けをぎゅっと抱き締めた。

「……じっとしてろと言っている」

「で、ですがエドガルドさま」

「治癒魔法が向いている方ではない。加減を間違えると、回復力が強過ぎて逆にお前を苦しめる」

そう言いながらドレスの襟元をずらし、メアリの肩を晒《さら》した。

見るとそこには、指の跡らしき痣《あざ》がついている。これはなんだろうと首を傾げたあと、クリフォードに強く摑まれた所為だと思い至った。

「あの男。……お前が止めたとしても、殺しておくべきだったな」

「だ、駄目ですそんなの、戦争になってしまいますから！」

「人の花嫁に触れた時点で、十分な理由になるはずだが」

痣を忌々しそうになぞられて、くすぐったさに息を殺す。エドガルドはゆっくりと溜め息をついたあと、治癒魔法を掛けてくれた。

（……あったかい……）

エドガルドの手から伝わってくる熱が、緊張による体の強張りを解く。

触れられている所がぽかぽかして、その温度が全身に広がった。エドガルドの寝台で、

メアリはうとうとと目を細める。

「こら。寝るなよ」

「……治癒魔法とは、こんなに温かいのですね……」

メアリは聖女だったので、治癒魔法を他人に使ったことはある。

けれども誰かに治癒してもらうのは、これが生まれて初めてだった。メアリは眠たさに揺蕩《たゆた》いながら手を伸ばし、無意識にエドガルドの頭を撫でる。

「エドガルドさまのことも、私が治癒して差し上げられたら良いのに……」

「――――……」

エドガルドがぐっと眉根を寄せた。

かと思えば身を屈め、メアリに覆い被さるような形のままで寝台に突っ伏す。

「エドガルドさま!?」

エドガルドの体が密着するが、それどころではなかった。エドガルドはメアリを抱き込んだまま、額をシーツに押し付けるようにして押し黙っている。

「ひょっとして頭が痛いのですか？　それとも何処か他に、お体の調子の悪い所が……！」

「……少し、静かにしていろ」

メアリの耳の傍で、掠《かす》れた声がする。

心配でぎゅっとエドガルドの背中に腕を回すと、エドガルドの手がメアリの頭を撫でた。

「……どうにか離してやれるように、いま理性を総動員している」

「!?　は、はい！」

びっくりしてぱっと手を離し、喋《しゃべ》らずに動かずに大人しくする。

エドガルドはメアリを抱き締め、はーっと再び溜め息をつきながらも、頭を撫でてくれる手は止めなかった。

「先ほどから、お前に触れすぎた。くそ……」

（……お可哀想で、お可愛らしい……）

きゅうっと胸の奥が締め付けられる。

すべてメアリの所為なのに、抱いてしまう罪悪感と同じくらい、エドガルドのことが愛おしくなってしまうのだ。

「エドガルドさまのご体調が悪い訳ではなくて、本当によかったです」

「……」

ほっとしたあと、改めて彼に告げる。

「助けて下さってありがとうございました。エドガルドさま」

「……あんなもの、お前を守るのに足りもしない」

「いいえ。私は間違いなく、エドガルドさまに守っていただいたのです」

先ほどきちんと離せた手で、もう一度エドガルドの背に触れてしまう。

「救われました。——神ではなく、あなたのお心に」

「…………」

メアリが嬉しかったことが欠片《かけら》でも、エドガルドに伝わっているといい。

かつての聖女でありながら、こんなにも何かを祈るのは、初めてのことだった。

「……ですが。やはり、無責任だったのかもしれません」

ぽつりと零せば、エドガルドがゆっくりと身を起こしてメアリを見下ろした。

「あの男の言葉を真に受けるな。お前に押し付けている間は問題がなかったという戯《ざ》れ言に、耳を貸す必要はない」

仰向けにエドガルドを見上げながら、メアリは昔を思い出す。

「力を持っているのなら、それで人を救うべき義務があると教えられました。聖女からは解放されましたが、その義務は今も残っているように思うのです」

「お前ひとりの能力に依存した救いなど、機能としては最初から破綻している」

思わぬ言葉を告げられて、瞬きをした。

「そういう、ものですか？」

「優れた人間にしか出来ないことを、社会の仕組みに取り入れるべきではない。神が国に干渉したことによる魔力の穢れを浄化したいなら、たったひとりの筆頭聖女に任せてのうのうと生きるのではなく、多くの人間に浄化が出来る方法を模索するべきだろう」

エドガルドは、痣がすっかり消えたメアリの肩を見下ろすと、ずらしていたドレスを直してくれながら続けた。

「この世界はその思考を放棄したからこそ、国々は自国に聖女が誕生しなくなる日に怯《おび》え、大神殿に媚《こび》を売る。その結果権力を持って増長した司教どもが、お前を苦しめていた」

メアリはなんとなく理解して、そっと挙手をする。

「誰かひとりに仕事をさせるのではなく、誰が辞めても組織が運営できる仕組み作り。これこそが正しいお仕事ということでしょうか、私の雇用主さま！」

「……そういうことだ」

エドガルドが息を吐いたあと、メアリの隣に寝転んだ。何処か疲れたように仰向けになって、目を閉じながらおざなりに言う。

「俺に雇われている身なら、以前の労働場所のことなど考えるな」

「が、頑張ってみます……」

どうしても気になるのは否めないが、『雇われ悪女』の業務すら覚束《おぼつか》ないのが現状だ。

「そもそも私が心配することは、ニーナにも失礼なのかもしれません。あの子がどのような力を持っているのか、私は見たことがないのです」

エドガルドの方に寝返りを打ち、横向きに転がった姿勢で彼を見上げる。エドガルドは視線だけでこちらを見遣り、メアリに尋ねた。

「お前とあの異母妹には、何か軋轢《あつれき》や確執でもあるのか？」

「私にとっては、唯一の妹ですが……そもそも私たちの生まれは、異母姉妹といえども隔たりがありまして」

大神殿では誰もが知っていることだったので、改めて説明するのは不思議な心地だ。

「私たちの父はレデルニア聖国の侯爵ですが、私の母は正妻ではありませんでした。一方でニーナのお母さまは、大神殿に仕えていた聖女のひとりだったそうです」

いまの大神殿にはニーナだけだが、聖国レデルニアは昔から聖女が多く生まれる国だ。

だからこそ大神殿との関係性が深く、古くから盟約が結ばれているのだという。

レデルニア聖国で生まれた聖女たちは、そのほとんどが大神殿で育てられ、聖国の王侯貴族と政略結婚をする。

そうやって生まれた聖女が妹のニーナだ。そしてメアリの誕生は大神殿にも侯爵家にも、想定外の出来事だった。

「正統な聖女の娘であるニーナと、出自の定かではない私の母。ニーナを筆頭聖女にとの声が大きいのは当然ですが、単純な魔力量を比較すると、私の方が多かったのです」

「……司教どもも聖国も、さぞかし慌てたことだろうな。王太子と婚姻を結ばせるなら、魔力量を優先させるのが理にかなっている」

「最終的には国王陛下が、私を筆頭聖女にと後押しなさいました。その反面、大神殿の司教さまたちは全員が、筆頭聖女にはニーナをと望んでいたようです」

恐らくは、伝統的な価値観に則《のっと》ってのことだろう。その他にも、大神殿と関係性の深い聖女の方が、レデルニア聖国との力関係を保つことにも苦心しない。

「小さい頃からニーナとは、あまりお喋りすることも出来ませんでした。お祈りは私ひとりきりでしたし、式典でもニーナは皆さまに囲まれて……」

遠目に見た愛らしい笑顔に、メアリはとても納得したのだ。ゆっくりと目を閉じながら、子供のときに抱いた寂しさを辿る。

「ニーナの代わりにお勤めを果たすよう言われても、私はお姉ちゃんなのだからと思えば、少しだって苦ではありませんでした。けれど」

エドガルドと向き合ったメアリは、寝台の上で緩やかに身を丸める。

「……あの子のものであるはずだった全てを、私が奪ってしまったのかもしれません……」

だからニーナは、メアリを大神殿から追放しようとしたのだろうか。

メアリの声が少し震えたのを、エドガルドは察してくれたのかもしれない。その大きくて骨張った手が、メアリの頭にやさしく置かれた。

「エドガルドさま……?」

薄い紫色でふわふわしたメアリの髪を、エドガルドが緩やかに撫でてくれる。

その撫で方は、メアリを大切に甘やかして、寄り添ってくれるようなものだった。

時折メアリのまなじりに触れ、涙を拭うかのような仕草をする。ゆっくりと髪を梳《す》く撫で方で、耳に触れられると少しくすぐったい。

けれど、とても安心した。

誰かにこうして撫でてもらえるのは、こんなにも幸せなことだったのだ。

「……エドガルドさまの御手《おて》が、疲れてしまいませんか……?」

「自分が動揺しているときまで、他人を案じてどうするんだ」

エドガルドは少し呆《あき》れた声音で言いつつも、こんな風に続けてくれた。

「望んでもいないものを押し付けられた上に、それを羨んだ人間まで慮《おもんぱか》る必要は無い」

「……」

表向きは冷たい物言いに聞こえるものだ。けれどもそこに込められている感情が、メアリを労《いた》わるためのものだと知っている。

（望まない立場を与えられたのは、エドガルドさまもだわ。そして、それを奪われたと感じかねないお方もいらっしゃる）

これまでなかなか聞けなかった問い掛けを、メアリはそっと口にした。

「エドガルドさまの、お兄さまは……？」

エドガルドが目を眇めると、瞳の紫色が深みを増したように見える。

けれども彼はややあって、こう教えてくれた。

「何を考えていようが、どうでも良い」

エドガルドの声音は淡々としていて、そこにさしたる感情は無かった。だからこそ、兄弟の間にある溝を感じる。

「お前が妹から奪ったと言うのであれば、俺こそ同様にあの男から奪っている。……だが、それだけの話だ」

エドガルドはそう言って、メアリの頬に触れる。

その手がとても心地良くて、思わずメアリからも擦り寄せた。こんなにも温かく感じるのは、エドガルドの手が治癒の魔力を帯びているからだ。

「エドガルドさま」

先ほど治癒してもらった肩は、少しの違和感すら消えている。あやしてもらえるのは幸せでも、必要以上に魔法を使わせる訳にはいかない。

「怪我はもう、治していただきましたが……」

本当は、まだ離れないでほしかった。

そんな浅ましい感情が、見抜かれてしまったのだろうか。エドガルドが中々手を離さずに、メアリに治癒を与え続けてくれる。

不思議に思ってそっと見詰めれば、エドガルドはなんでもないことのように言った。

「先ほどから、ずっと不安そうな顔をしている」

「！」

自分でも認識していなかった感情に、エドガルドだけは気が付いていてくれていた。

エドガルドは、温かな手でメアリの頬を撫でながら、囁くように小さく紡ぐ。

「ほら。……動揺が深いなら、一度眠れ」

「う……」

先ほどは寝るなと言ったのに、今度はメアリの寝かし付けをするつもりのようだ。

治癒魔法に安眠の効果は無いのだが、寝台の上で暖かくては、眠くなってしまっても仕方が無い。

「大神殿や聖国の人間が、お前から何かを奪う気でいるのなら。——俺は、手段を選ぶつもりはないぞ」

（……私のために、憤って下さっている……）

そのことにお礼を言いたいのに、眠りの海に沈んでゆく。

温かな幸福だけが心に織り重なり、もう一度嬉しくて泣きたくなった。

（エドガルドさまが、愛おしい）

彼の方へと手を伸ばせば、繋ぎ返してくれると分かっている。

（……だからこそ、私は）

そうすることが出来なくて、メアリは目を瞑った。

（魅了魔法を解いて、このお方を解放しなくては——……）

眠りについたメアリの髪を、エドガルドの指が名残惜しそうに掬《すく》う。

「……呪われた俺のことを本気で案じ、治癒したいとまで言い出すのは、世界中を探してもお前くらいだ」

起こさないようにメアリの髪を梳くその手は、まるで壊れやすい宝物に接するかのようだった。

「『救われた』などと、そう断ずるのも」

「……ん……」

彼はそのまま、眠ったメアリには決して聞こえない言葉を呟いた。

「本当に、ろくでもない魔法を掛けてくれた」

指で掬ったその髪に、エドガルドは恭しく口付ける。彼が目を伏せると、紫色の双眸に暗い影が落ちたように見えた。

「——俺はどうあっても、お前のことが愛おしい」


「——ふふっ！　夜会のための素敵な支度が出来ましたわ。お姉さま」

聖国の神殿で、ニーナはくすくすと笑いながら呟いた。

蒼白《そうはく》になったクリフォードが、ニーナに手を伸ばそうとする。けれどもその手は力無く落ちて、代わりに震えた声が言った。

「ニーナ。君は、本当に……」

「当然でしょう？　これくらいのことが出来なくては、筆頭聖女は名乗れませんもの」

ドレスの裾をふわふわと揺らし、ニーナは天真爛漫《てんしんらんまん》に微笑む。

「お姉さまに証明するのが楽しみです。私こそがあなたよりも、聖女に相応《ふさわ》しいのだと」

5章　大罪の悪女

Chapter 5

その夜、アイゼリオン国王都で開かれた夜会には、多くの招待客が参加していた。主催者でありながら病床に臥《ふ》している王や、王太子エドガルドの兄の姿は無いものの、それ以外のすべての要人が集まっていると言っても過言ではない。

国内の上位貴族や官僚はもちろんのこと、近隣同盟国の王族に、大神殿からは聖女も招かれている状況だ。

大広間のホールに集まった彼らの注目は、階段を登った先にある、王族のための入り口に集められていた。

「エドガルド王太子殿下、ならびにメアリ・ミルドレッド・メルヴィルさまのご入場です！」

その声と共に、両開きの扉が押し開かれる。

最初に一歩踏み出したのは、正装に身を包んだエドガルドだ。

日頃夜会に姿を見せない王太子は、落ち着いた光沢のある黒い軍服に、瞳の色と同じ紫のマントを身に着けている。

仕立ての良い軍服は、エドガルドの長身を引き立てるシルエットのデザインで、生地と同じ黒色の刺繍《ししゅう》が全面的に施されていた。

光の加減でその紋様が浮かび上がるさまは、決して華美すぎないのに、繊細な華やかさを描き出している。上着の袖口に輝く金のボタンが、更なる品の良さを印象付けた。

その涼しげな目元とかんばせが、女性たちのまなざしを一手に受ける。

更には、エドガルドにエスコートされて一歩踏み出した女性の姿に、参加者たちは息を呑《の》んだ。

その少女は、淡い紫色をしたその髪をハーフアップに結い上げ、花の形にした編み込みを施している。

淑《しと》やかに視線を落とし、エドガルドに手を引かれた彼女は、もう一方の手でドレスの裾を優雅に持ち上げた。階段を降りながら尾を引く裾は、透き通るように薄く織られたシルクの生地を何層も重ね、風になびく花びらのように揺れている。

そのドレスは純白で、シャンデリアの光を受けながら眩《まばゆ》いほどに輝き、少女に神々しさを与えていた。

「……聖女さまだ……」

エドガルドに導かれ、ゆっくりと階段を降りてくる少女を見上げながら、誰かがぽつりとそう呟《つぶや》く。

「あのお方が、この国に来て既に数々の奇跡を起こされているという……？」

「お噂《うわさ》の通り。お姿だけでなく心まで美しく清らかな、聖女メアリさま……！」

ホールに降り立ったメアリを前に、人々は目を輝かせていた。

「どこかお疲れのご様子では？」

「だが、そんなお顔も儚《はかな》げで美しい。この国の、未来の王妃殿下になられるお方――……」

メアリを傍らに伴ったエドガルドが、彼らの前で静かに告げる。

「諸君らも既に知っての通り。メアリは俺と婚約者となった」

美しく滑らかなラインを描くメアリの肩を、エドガルドがやさしく抱き寄せる。はにかんだように俯《うつむ》くメアリは初々しく、参加者たちの微笑《ほほえ》ましそうなまなざしを集めた。

「今宵《こよい》はメアリの披露目だ。――諸君らも、存分に楽しめ」

普段は無愛想なエドガルドの言葉に、参加者たちは頷《うなず》いて拍手をする。

そのときエドガルドの魔法によって、メアリのドレスに刺繍された花や蔦《つた》の模様から、光で作られた小鳥たちが羽ばたいた。

天井へと一斉に飛び立ってゆく光に歓声が上がり、参加者たちが高揚して祝福を捧げる。

「ご婚約、おめでとうございます！」

「メアリさまに、守護神のご加護がありますよう……！」

それから始まった楽団の演奏と共に、エドガルドとメアリの正式な婚約を通達する夜会が幕を開けたのだった。

立食形式である今夜の会で、参加者たちはグラスを手にしながらの談笑を楽しんでいるようだ。

「今日はこの夜会に、大神殿の聖女ニーナさまがお越しになるとか？」

「ニーナさまとメアリさまは異母姉妹。きっと姉君の婚約披露目をお祝いにいらっしゃるのだろう」

「仲の良いご姉妹なのね。仲が良いと言えば、今夜の主役であるおふたりも……」

楽しそうな話し声と心地良い音楽の行き交うホールで、メアリは内心途方に暮れていた。

（……エドガルドさまに雇われた悪女として、今日の夜会は重要な業務。もちろん並大抵のことでは乗り切れないし、ニーナも来るはずなのだから、全身全霊で挑むつもりでいたけれど……）

表情だけでも笑顔を取り繕いたいのに、メアリにはそれすら敵《かな》わない。メアリを取り囲む人々も、驚きを隠さずにこちらを見ていた。

「そ……それにしても、本当に驚きましたな。エドガルド殿下がそれほどまでに、聖女メアリさまのことを……」

「口を慎め」

エドガルドに言葉を遮られ、貴族のひとりが肩を跳ねさせる。

「彼女はもはや聖女ではない。俺の婚約者であり、妃《きさき》になる者だ」

「た、大変失礼いたしました……」

「殿下。よ、よろしければ私めにも、麗しきメアリさまにご挨拶を……ひっ⁉」

メアリが何かを言う隙もなく、近付いて来た男性が硬直した。エドガルドに怯《おび》え切った顔をして後ずさり、踵《きびす》を返すようにして逃げ出してゆく。

「ふん。メアリと直々に話す許可を与えるとでも？　無能な愚者が」

「あ、あの。エドガルドさま……」

「……どうした」

メアリがエドガルドの名前を呼べば、彼は途端に少し柔らかなまなざしを向けてきた。

「何か飲みたいものでもあるのか？　好きなものを言え。あちらのテーブルにも、お前のまだ知らない甘味を用意させている。給仕を呼ぶぞ」

「い、いえ！　それは嬉《うれ》しいですし、後で是非ともいただきたいのですが。いまはその」

メアリは言い、自分の腰に視線を落とした。

大きなホールは立食形式だが、壁際にいくつかの椅子が用意されている。エドガルドとメアリはそこに座り、周囲を大勢が取り囲んでいる状態だった。

問題はこの座り方だ。

エドガルドは長椅子の左側にメアリを座らせると、自分はその右側に座り、メアリの腰をしっかりと抱いている。

メアリは心臓をばくばくと跳ねさせながら、小さな声で抗議した。

「これではまるで、私を人前に連れて来て下さったものの、『誰ひとりとして近付けるつもりはない』という意思表示のようでは……!?」

「そうだが？」

「『そうだが』!?」

あまりにもしれっと言い切られて、供給過多のメアリはちょっぴり泣きそうになった。

いくら魅了魔法に掛かっているとはいえ、溺愛は不本意そうなのが普段のエドガルドだ。それなのに、今日は一体どうしてしまったのだろう。

「エドガルドさま、頭を何処《どこ》かにぶつけてしまいましたか？」

「ぶつけてない。撫《な》でなくていい」

メアリの腰をがっちりと抱えながら、サイドテーブルに並べられているメロンを一切れ口元に運んでくれる。

人目が恥ずかしくて躊躇《ちゅうちょ》するが、美味《おい》しそうだと思っていたのはバレているのだろう。エドガルドは素知らぬ顔で、メアリのくちびるにメロンをちょんちょんと触れさせる。

「食べないのか？　メロンは知っているのだろう」

「は、はい。果物は多少なら……むっ」

口を開いてしまったため、抵抗虚《むな》しくメロンを放り込まれた。芳醇《ほうじゅん》な甘さが広がる中、メアリは必死に顎を動かす。

「んむむ……」

「は。そんなに懸命に咀嚼《そしゃく》していると、小動物のようだな」

そんなメアリたちを見て、周囲はますますどよめくのだ。

「エドガルド殿下が、あれほど機嫌よく過ごしていらっしゃるとは……」

メアリはなんとかメロンを食べ終えると、ひそひそとエドガルドに耳打ちした。

「こ、これはどのような作戦なのでしょう？　私、今日こそは頑張って、『国をも滅ぼしかねない悪女』を演じるつもりで来たのです！」

「お前の気概は知っている。その小さな鞄《かばん》に氷魔法をかけて、チョコレート入りの箱をありったけ仕舞い込んでいる様子も見ている。何に使うのか全く分からんが」

「え!?　これはもちろん皆さまの前で美味しそうに食べて自慢し、暴食と傲慢を同時に行う作戦です。我ながら安直で、想像しやすいと思っていたのですが……」

「国をも滅ぼしかねない悪女というより、冬眠前に好物を溜《た》め込むリスのようだったぞ」

エドガルドは呆《あき》れたまなざしのあと、ふっと柔らかく笑った。

その表情がやはり、これまでと全然違っている。

(そう見えるのは、私がエドガルドさまを愛《いと》おしく思うからなんだわ)

「メアリ」

エドガルドはメアリの髪を指で掬《すく》いながら、耳元で小さく囁《ささや》いた。

「今日は悪女の振る舞いをする必要はない。普通にしていろ」

「そんなことを仰《おっしゃ》って……」

メアリは嫌な予感がして、ひそひそとエドガルドに反論する。

「また先日のように、エドガルドさまおひとりが悪者になられるおつもりでは？」

「そうじゃない。今夜はお前の披露目だろう？」

「……！」

「俺が、お前を見せびらかすための日だ」

エドガルドは葡萄《ぶどう》をフォークで刺すと、それを先ほどと同じように口元へと差し出す。

「分かったら、もっと愛《め》でさせろ」

メアリの口に葡萄を放り込み、むぐむぐと食べる様子を満足そうに眺めて、指で戯《たわむ》れるように髪へと触れた。


「……お前のことをいくら自慢しても、まったく足りる気がしない」

「……っ!!」


メアリは葡萄を飲み込んだあと、両手で顔を覆って嘆く。

「うう……!!　エドガルドさまがっ、壊れておしまいに……!!」

「どうした、疲れたか？」

エドガルドはそう言って、メアリの頬に手を伸ばす。

「先ほどから、ふとした拍子に疲れた顔をしている。溜め息も多いな」

「そ、それは」

「何かあれば言え。王族の魔力にだけ反応する隠し部屋で、休ませてやれる」

（疲れているのは事実だし、有り難いお申し出だけれど……！）

隠し部屋というのは恐らく、有事の際の避難経路なのだろう。だが、人前で凄《すさ》まじい注目を浴びている現状であっても、メアリがその言葉に甘えるのは難しい。

（これ以上いまのエドガルドさまのお傍《そば》にいては、柱に何度も額を打ち付けてしまいそう）

心臓の鼓動がとんでもなかった。魅了魔法に翻弄されるエドガルドの気持ちが、いまのメアリにはよく分かる。

「え、エドガルドさま！　私、少しあちらの女性たちとお喋《しゃべ》りをして来たいのです！」

咄嗟《とっさ》に思い付いてそう言うと、エドガルドは少し眉根を寄せた。

「……どうしてもか？」

（しょげているワンちゃんのお顔！）

魅了魔法の効果によって、メアリから離れがたく感じているのだろう。良心が痛みつつも、メアリはきりっと気合を入れ直した。

「お気遣いいただいた通り、少し気疲れしたようでして。女の子同士のお喋りでしか回復出来そうにありません」

「……男が交ざっても良いだろう」

「だ、駄目です！」

これは想像だが、エドガルドがその輪に加わった場合、みんな見惚《みと》れるか緊張するかのどちらかに違いない。

（私も限界だけれど、エドガルドさまのためにも離れなくちゃ。いまは調子が悪くてこのご様子だけれど、正気に戻ったらきっと後悔なさるわ）

人前でメアリを愛でるなんて、きっとエドガルドの本意ではない。

そう思うと、メアリだってしょげている犬のように、思わずしゅんと項垂《うなだ》れてしまう。

「メアリ」

「……ともかく！　行って参りますね、エドガルドさま」

メアリの腰を抱く手に触れれば、エドガルドは渋々と腕を離してくれた。メアリは長椅子から立ち上がると、遠巻きに見ていた人々に一礼して歩き出す。

（顔が熱いし、心臓がずっとどきどきしているわ……！）

火照りを誤魔化すべく、自分の頬を手のひらでむにむにと揉《も》んだ。エドガルドの視線が背中に刺さっているような気がするものの、気付かないふりをして歩みを進める。

そこに、貴族男性たちの話し声が聞こえて来た。

「――しかし、ヴィンセント殿下は今夜の会もご欠席か」

メアリが近くにいると気付いていれば、彼らはこの話をすぐに止めただろう。

第一王子ヴィンセントの姿は、この夜会には無かった。彼らの口ぶりでは、どうやらそれも珍しくないことのようだ。

（エドガルドさまの、お兄さまのお名前……）

「エドガルド殿下がいらっしゃる場に、ヴィンセント殿下がお見えになることはない。その逆も然《しか》りだ」

「それがたとえ弟君の婚約お披露目会であっても、ということなのだろう」

「国王陛下もご病床にあって、思い悩んでいらっしゃることだろうな。おいたわしい……」

貴族たちは溜め息をつきながら、こう言った。

「神も何故《なぜ》この国の次期国王に、魔法が効くことのない『呪われた』エドガルド殿下をお選びになったのか……」

「……」

メアリはきゅっとくちびるを結ぶ。

（エドガルドさまにも魔法は効いたわ。だからこそこうして今だけは、私に恋をしてくださっている……そんな話をしたとしても、このお方たちのエドガルドさまに向ける目は変わらない）

エドガルドはずっと以前から、次期国王に相応《ふさわ》しくない振る舞いを続けているはずだ。本当は民を助け、大精霊にも慕われているのに、そのことを一切表に出さない。

（エドガルドさまを悪く言われるのが嫌なのも、私の自分勝手な感情。ちゃんと、分かっているのに……）

貴族のひとりがメアリに気が付き、表情を強張《こわば》らせる。

「こ……これはメアリさま！」

「……皆さま。先ほどはご挨拶に来ていただき、ありがとうございました」

「滅相もない！　いまの会話は少々その、誤解なさったかもしれませんが……」

彼らはあからさまに狼狽《うろた》えていたが、やがて何かに気が付いたようだ。救いを得たように表情を変え、メアリに尋ねてくる。

「……いえ、そ、そうです。本当はメアリさまも、逃れたいと思っていらっしゃるのでは？」

「逃れたい、とは？」

「それはもちろん、このご結婚からですよ！」

貴族たちはメアリを取り囲み、口々に言う。

「エドガルド殿下は、神から賜《たまわ》った力である魔法が効かないお体。呪われた王太子というだけでなく、その言動も非常に冷酷で恐ろしいお方です」

その言葉に、メアリはむっと眉根を寄せた。

「ご結婚なさるのであれば、兄君であるヴィンセント殿下の方が聖女さまによくお似合いかと！　この国の守護神もいずれ、次期国王がヴィンセント殿下であらせられると神託を下されることでしょう」

「我々はヴィンセント殿下に、日頃から重用いただいております。如何《いかが》ですか？　メアリさまのご命令とあらば、すぐにでもヴィンセント殿下とのお時間を――……」

「生憎《あいにく》ですが」

貴族たちの言葉を遮って、はっきりと言い切る。

「そのようなお気遣いには及びません。エドガルドさまを悪《あ》し様に仰るお口は、私の前では閉じていてくださいませ」

「メアリさま……？」

メアリは何ひとつ躊躇《ためら》うことなく、彼らに向けて真《ま》っ直《す》ぐ告げる。

「──私はエドガルドさまのことを、心から恋慕い申し上げています」

「な……っ」

いっそう大きなざわめきが、湖面に雫《しずく》を落としたかのように広がった。

周囲の貴族たちは顔を見合わせたり、口元を扇子で隠して何かを言い合う。

「メアリさまが、エドガルド殿下をお慕いになっているだと……？　いくらエドガルド殿下が、類稀《たぐいまれ》なる美貌をお持ちといえど……」

「大神殿育ちの無垢《むく》な聖女さまが、あのように残虐なお方に恋などするはずがない。ましてや殿下は呪われているのだぞ？」

（は……っ!!）

ようやく自分の発言を自覚したメアリは、両手で顔を隠しながら慌てて叫んだ。

「……今の発言っ！　皆さまどうか、エドガルドさまには内緒にしてくださいませ……!!」

「め、メアリさま？」

自分の顔がどんどん赤くなっていくのが分かる。メアリは座り込みたくなるのを必死で抑えつつ、取り囲む人々に懇願した。

「実のところ、私自身もまだこの恋心に慣れておらず……！　エドガルドさまに知られたら、ますますどうしたら良いか分からなくなってしまいます！」

「こ、恋心を自覚したてということですか!?」

「それはなんというか、一大事では……！」

（ちょっと待って。これはもしかしたら、チャンスかもしれないわ）

メアリは思考を巡らせる。羞恥《しゅうち》心に襲われているのは事実だが、同時にあることを閃《ひらめ》いてもいたのだ。

（恥ずかしいけれど。すごく恥ずかしいけれど……!!　この失言を利用して、悪女アピールに活用しなくちゃ……!!）

貴族の男性だけではなく、女性たちも心配そうに集まってくる。年若い令嬢ばかりではなく、メアリよりもお姉さんが多いようだ。

「エドガルドさまのことを考えるとぼんやりしてしまい、使い魔さんたちとのお掃除にも身が入らず……。せっかくエドガルドさまの御本をお借りしたのに、あのお方の持ち物が手元にあると思うと、それを読むこともままなりません」

「まあまあ、メアリさま……」

「今日の夜会だって、本当なら皆さまにご挨拶をして回るべきですのに。エドガルドさまのお傍から離れがたく、この時間にまでなってしまいました……」

これらはすべて事実なので、話しながらも罪悪感が凄まじい。

（恋心に溺れて、王太子の婚約者にあるまじき時間を過ごしてしまう大罪。こんな人間が王太子妃になってしまっては、国の未来が危ういと不安に思っていただけるはず！）

メアリは恥じらいと戦って、ぷるぷるとしながら周りに語る。

「昨日もそうです。エドガルドさまのうたた寝に遭遇して、すぐに起こして差し上げるべきでしたのに……！　どこか無防備に眠っていらっしゃるお顔が愛おしくて、三十分も眺めてしまい！」

「あらあら、まあ……」

（皆さましかとご覧ください！　これぞ！　色欲と怠惰の合わせ技!!）

メアリの行った所業のうち、一番の悪事は『魅了魔法を掛けてしまったこと』だ。

「何よりも、私が罪深いのは……」

それを秘密にする代わりに、二番目の悪事を打ち明ける。

メアリは真っ赤になっている顔を上げ、その大罪を告白した。

「……このような浅ましい恋心を抱いていることを、エドガルドさまに打ち明けていないことなのです……！」

「メアリさま……」

周りを囲む人の表情が、なんだか深い思いやりに満ちている。

それを不思議に思って瞬《まばた》きをすると、傍にいた女性が瞳を潤ませてこう言った。

「メアリさまは本当に、心底エドガルド殿下に惚《ほ》れ込んでいらっしゃるのですね……！」

（あれ……っ!?）

その発言をきっかけに、女性たちがメアリを励ますように駆け寄ってきた。

「健気《けなげ》なメアリさま。殿下に恋をなさって、ずっと悩んでいらっしゃったのですね？」

「あ、あの、皆さま？」

「わたくしたちメアリさまの味方ですわ。ぜひお茶会にいらして！　切ない恋を経験したお友達も、見事成就させたお友達もお呼びしますわ。一緒に語り合いましょう？」

（あわわわわわ！　駄目だわ、悩んでいたのは本当だもの！　やさしい言葉がうっかり胸に沁《し》みちゃう……!!）

　女性たちは目を輝かせながら応援してくれ、男性陣はうんうんと頷《うなず》いている。なんだか微笑ましく見守られている雰囲気であり、悪女に向けるまなざしではない。

「冷酷と噂されるエドガルド殿下でも、メアリさまにとっては愛おしいお方なのね」

「！　は、はい……！　エドガルドさまは私におやさしくて、それに……」

　そのとき、誰かが呟いた。

「――メアリさまはエドガルド殿下によって、魅了魔法に掛けられているのでは？」

「!!」

　その場の空気が一気に凍り付き、メアリを見る目がはっきりと変わる。

「違います！　エドガルドさまは、私にそのような魔法など……」

「メアリさま……」

　婦人がそっと手を伸ばし、メアリの頬をやさしく包んだ。

「お心当たりはありませんか？」

「！」

「魅了魔法とは、対象を強制的に恋に落とす魔法。大変難しい魔法ではありますが、エドガルド殿下でしたら可能なはずです」

「有り得ません。私は断じて、魅了魔法に掛かったのではありません」

魅了魔法を使っているのは、エドガルドではなくメアリなのだ。

「私は自分自身の感情で、エドガルドさまに恋をして――……」

「魅了魔法とは、なんと卑劣なことをする……!!」

誰かが言い放ったその言葉に、メアリの肩がびくりと跳ねた。

「筆頭聖女を手に入れるために、魅了魔法によってメアリさまを陥落させたのだ。神に指定された王位を強固にするべく、ご自身の妃殿下にそのような裏切りを……」

（違うわ。エドガルドさまが望んでいるのは、その逆だもの）

そんな弁解をしてしまっては、エドガルドの計画を妨害してしまう。メアリの心臓に突き刺さった鋭い言葉が、じくじくと痛みを疼《うず》かせた。

「人の心を魅了魔法で操り、その想《おも》いに付け入って利用するなど！」

「そんな悪人を、神が決して許すはずもない」

「……っ」

それらはすべて、メアリに向けられるべき言葉なのだ。

「――悪女はただひとり、この私です」

「メアリさま……？」

震える声で口にして、メアリは背筋を正した。

（悪女のふりなんて、する必要すら無かったのだわ）

彼らの言うことはすべて正しい。

魅了魔法で人の想いを支配し、操って恋をさせることこそが、他者を踏み躙《にじ》る悪事なのである。

（……神に許されない大罪を、私は最初に犯している……）

周囲の人垣が散ったことに、俯いたメアリは気が付かない。

後ろから肩に触れた手に抱き寄せられ、その声に呼んで貰《もら》うまで、愛おしい人が傍に来てくれたことなんて知らなかった。

「メアリ」

「……っ」

振り返ったメアリは、神秘的な紫色の双眸《そうぼう》を見上げて目を丸くする。

「エドガルドさま……」

「…………」

メアリの睫毛《まつげ》が濡《ぬ》れているのを、エドガルドにはきっと見抜かれただろう。

エドガルドはぐっと眉根を寄せ、舌打ちをしたあとで、メアリの手首を掴《つか》み歩き出す。

取り残されてざわめく人々のことを振り返る余裕は、メアリにも無かった。

「あの、エドガルドさま……！」

無言の背中に声を掛けるも、前をゆくエドガルドは何も言ってくれない。彼の手がホールの壁に触れたかと思えば、魔力の光に体が包まれる。

「……っ！」

眩《まぶ》しさに目を閉じて開いたあと、メアリはその景色に息を呑《の》んだ。

「ここは……」

メアリたちが立っているのは、穏やかな海の浅瀬に浮かぶ東屋《あずまや》だ。

東屋はウッドデッキのような形状をしており、長椅子の上にはふわふわとしたクッションが置かれていて、メアリはそこに座らされる。

「これが、王族の魔力にだけ反応する『お部屋』……」

透き通った水色の海と、晴れ渡った水色の空が広がっている。

エドガルドはメアリの前に跪《ひざまず》くと、頬に手を伸ばした。

「どうして、泣きそうな顔をしている」

「……っ」

メアリは思わずくちびるを結ぶ。

それを見たエドガルドは目を伏せると、息を吐き出して立ち上がった。

「……あいつらか」

その声は冷え切っていて、聞くだけで身が竦《すく》むほどだ。メアリは急いで首を横に振り、エドガルドの上着を摑んだ。

「違うのです。皆さまには私が悪女であるという懺悔《ざんげ》と告白を、聞いて頂いただけ」

「懺悔？」

地を這《は》うような低い声に、辿々しく頷く。

「私は悪女です。……いつか本当に、国をも滅ぼしかねません」

決して偽りの悪女などではない。

（だってエドガルドさまは、神に選ばれて王になるのだもの。たとえ一度は王になることを回避できたとしても、またいつ神託によって玉座に引き戻されるか分からない、それほどまでに素晴らしいお方）

世界で最も優れていると言えるほどの魔法の力や、明晰《めいせき》な頭脳を持っている。

それらをどんな風に活《い》かすことも出来る、そんな立場の男性なのだ。

（私が無理やりに、恋をさせてしまった人……）

抗《あらが》えない魔法の力によって、エドガルドのすべてはメアリの望み通りになる。

先ほどみんなが言っていたように、あまりにも卑劣で、愛しい人の心を踏み躙るような行いだ。

「ずぴっ、ですから……！」

「！」

ぐすぐずになった鼻を鳴らしたら、エドガルドが目を丸くする。

「エドガルドさまの魔法を解いて、お別れしなくては――……」

その決意を口に出した瞬間、顔をくしゃくしゃにして我慢していた涙が、桃色の瞳からいくつも零《こぼ》れ落ちた。

「メアリ」

「ごっ、ごべんなざい」

ごめんなさい、とどうにか言いたかった。

手で擦《こす》るようにして涙を拭い、必死に顔を隠す。小さな頃から人前で泣いたことが少なくて、上手に涙を流す方法すら分からない始末だ。

「すんっ、お役目は、果たします……！　エドガルドさまが望まない王にならずに済むよう、誠心誠意努める覚悟。ですが私のような悪女は、たとえエドガルドさまが玉座から離れようとも、妻の立場に居るべきではありません」

「…………」

「魅了魔法を解く方法も、いま全力で探しています。私の魔法なのですから、私がなんとか出来るはずなのです！」

先ほどのエドガルドは、メアリが疲れていると気遣ってくれた。

それは実のところ、魔法を解く方法を探しているためなのだ。シュニたちに城内を案内してもらい、古い文献の眠る書庫を訪れたメアリは、深夜まで本を読み続けている。

愛おしい人と自分を繋《つな》ぐ鎖を、どうあってでも断ち切りたかった。

「――あなたは私に、新しい世界を見せてくださった大切なお方」

何処《どこ》までも続く海と青空が、視界いっぱいに滲《にじ》んでいる。

涙で揺れる世界の中でも、エドガルドだけは鮮明に美しい。

「だから私は、さよならを――……っ」

その先の言葉が口に出来ず、目を見開く。

メアリの体を、エドガルドが強く抱き締めたからだ。

「あ、の……」

「――うるさい」

苦しそうなエドガルドの声に遮られて、メアリはますます泣きたくなる。

エドガルドは、メアリの耳元に口付けそうなほどの近しさでこう囁くのだ。

「俺から離れると告げるためのくちびるなら、そのままずっと閉ざしていろ」

「……っ」

強引な命令に聞こえるのに、それは祈りや懇願のようだった。

魅了魔法によるものだと分かっているのに、思わず縋《すが》りたくなってしまう。メアリはそれを懸命に堪《こら》え、彼の名前を呼んだ。

「エドガルドさま……」

その背中に腕を回して、滑らかな手触りの上着を握り締める。心臓が強く鼓動を刻むのを気付かれないよう、深呼吸をして言い放った。

「し……しっかりなさって！　あなたが抱き締めていらっしゃるのは、聖女のくせに神殿を追放された、メアリ・ミルドレッド・メルヴィルですよ？」

魅了魔法が発動していなければ。

そして、エドガルドに『神に厭《いと》われて玉座を退ける』目的さえ無ければ、彼が絶対に手を伸ばすこともなかったであろう存在だ。

「……」

エドガルドの手の力が少し弱まり、そのことに安堵《あんど》する。

メアリ自身が何を望んでいるのか、それに向き合うことを避けながら、メアリは手を伸ばした。

「ほら、ね？」

エドガルドの頭に触れて、毛先が跳ねた黒髪を撫でる。

「いい子ですから、どうか離れて……」

けれどもどうやら、エドガルドがその腕を片方だけ解いたのは、決してメアリを離すためではなかったようだ。

「――嫌だ」

「嫌だ、って……」

何処か甘えたような言い方に、言い知れない色気が滲んでいてくらくらする。

「お前は、国をも滅ぼしかねない悪女なんだろう？」

メアリの顔を見詰め、瞳を覗《のぞ》き込んだエドガルドは、いつもよりも低い声でこう紡ぐのだ。

「それならば、俺をこのまま篭絡してしまえ」

「……っ！」

なんと残酷な誘惑だろうか。

涙でぐずぐずに濡れたメアリの顔を見て、エドガルドが眉根を寄せる。メアリは心底困り果てて、エドガルドに思い出させようとした。

「ご、ご存知《ぞんじ》でしょう……？　私が悪女をやっているのは、あなたに雇われたからです」

だからこそ、その雇われ仕事がどれだけ不出来なものであるかは十分に分かっているはずだ。

「そうだな。だが」

エドガルドが目を眇《すが》め、真っ直ぐにメアリを見下ろす。

その指が、薄紫色をしたメアリの髪を柔らかく梳《す》いた。

エドガルドは愛おしそうに、大切そうに、やさしくメアリの髪を撫でてゆく。

「……俺が、こうまでお前に焦がれる羽目になったのは――……」

「……？」

メアリがエドガルドを見詰めると同時に、彼はそこで言葉を区切る。

その上で、少しだけ意地悪な声音がこう言った。

「……一体、誰の所為《せい》だと思っている」

「そ、れは。……私の、所為です……」

まだぐずぐずの双眸を拭いながら、メアリは分かり切った事実を口にする。

「……私の魅了魔法によって、エドガルドさまが一時的かつ強制的に、私のことを好きになってしまったから……」

「────……」

すべて魔法によるものだ。

だから強制された恋心は、永遠に続くことはない。それを自分に言い聞かせるよう、敢《あ》えてそう口にした。

（エドガルドさまだって、ご存知のはずなのに）

どうしてメアリの言葉を聞いて、少しだけ傷付いたように目を伏せるのだろうか。

「わ……!!」

再び強く抱き締められて、エドガルドの掠《かす》れた声がする。

「……お前が悪い」

「……っ！」

意地悪なのに、さびしい声だった。メアリがまた泣きそうになっているのを、エドガルドは気付いているようにも思える。

「だから、さっさと諦めろ。──どんな魔法が使われていようと、傾国の悪女だろうとなんだろうと、手離せないのだからどうしようもないだろう」

突き放すようなその口ぶりが、メアリを安心させるためのものであると確かに分かる。

エドガルドと離れたくなくて泣いているのも、彼は恐らく見抜いているのだ。

その上で、彼にとっては厄災でしかないはずのメアリを傍に置き、手離せないと言葉にする。

「ほ、本当にお可哀想《かわいそう》なエドガルドさま……!!」

心の底からそう思う。

(こんな不本意な魔法での恋なんて、捨てて下さればいいのに。そうして別の悪女を見付けて、そうすればもっと簡単に……)

なのに、そんな正論を口には出来なかった。メアリは途方に暮れ、目を瞑《つむ》る。

「その口を閉じろ。……でなければ、無理やりに塞ぐぞ」

「だ、駄目です」

エドガルドに抱き締められたまま、ふるふると首を横に振った。

「退職を視野に入れているときは、雇用主とちゃんと話すべきと本に書いてありました！根本はこんなにも悪女なくせに、肝心な雇われ悪女としての務めが果たせないのですから。私は……」

「メアリ」

「私は、いずれお傍から離れ……」

エドガルドの手におとがいを掴まれる。

続きを言うことが出来なかったのは、言葉を発する手段を奪われたからだ。

「――――……！」

瞬きをしたメアリのくちびるに、エドガルドのくちびるが重なった。

「ん……っ」

驚いて声を上げるいとまも無く、口付けが深くなる。触れている箇所は熱くて柔らかく、とてもやさしい。

甘やかされているキスであると、初めてのメアリでも分かるほどだ。一方でエドガルドの大きな手は、メアリが逃げることを少しも許さない。

「！」

掴まれている輪郭ばかりでなく、もう一方の手で腰まで引き寄せられて、反射的にぎゅっと目を閉じた。

腰からゆっくりと背中まで上がってきた手が、メアリの髪をくしゃりと弱く握り込む。

別れの言葉を告げるための武装が、混乱によって何もかも溶けてしまいそうだった。メアリが何も言えなくなったのを汲《く》み取ってか、エドガルドがようやくくちびるを離す。

「っ、ぷあ……！」

「…………」

永遠に重なっていたような気さえするのに、実際はほんの数秒だったのだろう。

それでも全てが限界であり、なんとか肩で呼吸をするメアリのくちびるに、エドガルドが触れる。

「……閉じなければ、無理やりに塞ぐと先に言った」

「〰〰……っ!?」

親指でくちびるを拭われて、耳まで熱くなるのを感じた。

「っ、ひどい、です……!」

「仕方がないだろう。お前が弱っているのを見ると、ひたすらに甘やかしたくなる」

今日のエドガルドがやさしすぎるのは、メアリが眠れていない所為なのだろうか。

だからといって、いまのは甘やかされたなんて言わないはずだ。メアリが真っ赤になりながら自身の口を押さえると、エドガルドは目を眇める。

「こうやってお前に触れる口実を、あまり俺に与えるなよ」

メアリの手首が捕まって、彼の方へと引き寄せられた。

エドガルドはお互いの指同士を絡めながら、メアリの手に口付けを落とす。

「お前がいま想像している以上に、俺はその弱みに付け込むぞ」

「う……」

まるで一種の宣戦布告だ。そんな意地悪をされたとしても、口を閉ざす訳にはいかないのに。

「ご自身を縛り付けるような恋心《わたし》など、消してしまうべき物のはずです……」

「メアリ」

エドガルドに名前を呼ばれるだけで、左胸に幸福が溢《あふ》れてしまう。

自分の浅ましさに絶句した。メアリは感情を押し殺しながら、抱き締めてくれているエドガルドを見上げる。

「俺は、お前を――……」

そのときだった。

「!!」

地響きのような音と共に、空間がずれたような衝撃を感じる。凄まじい力の発生源は、この穏やかな海辺ではない。

「エドガルドさま！　夜会の会場が……」

「お前はここに居ろ」

「いいえ、行かねばなりません！」

メアリは咄嗟にエドガルドの腕へとしがみつき、彼を見上げる。

「エドガルドさまもお分かりのはず。この力は恐らく……」

「…………」

エドガルドは溜め息をついたあと、メアリを連れて踏み出した。

（災害のように大きな魔力。けれど、この中にほんの少しだけ混ざるのは――……）

周囲の景色が歪《ゆが》むように揺れ、浅瀬の波打ち際から夜会のホールに移り変わる。

「！」

エドガルドの腕に摑まっていたメアリは、その冷えた空気に息を呑んだ。

グラスを手にした貴族たちが、強張《こわば》った顔でざわめいている。ホールに音楽をもたらす楽団も、演奏を中断していいものか戸惑った様子で、恐る恐る音楽を奏でている。

「何事だ」

「エドガルド殿下！」

エドガルドの姿を見た面々は、安堵と恐怖が半分ずつ混ざった表情を見せた。

そしてひとりの男性が、ぎこちなく一点を指差すのだ。

「あちらに聖女、ニーナさまが……」

隠し部屋で感じた強大な魔力に、異母妹のそれが混ざっていたことは分かっていた。

エドガルドとメアリの存在に気付いた貴族たちが、視界を遮らないよう左右に分かれる。

ニーナに繋がる道を空けるかのように、少しずつ導線が作られていった。

開け放たれたバルコニーへの扉の前に、ひとりの少女が立っている。

音色の乱れた演奏が続く中、メアリの髪色のような紫色のドレスを纏《まと》った彼女は、満月を背に微笑んだ。

「——お姉さま」

「ニーナ……」

メアリは思わず目を見開く。

光に照らされたニーナが、美しく微笑んでいたためではない。傍らにいる元婚約者のクリフォードが、真っ青な顔色をしているからでもない。

「あなたが従えている、その精霊……」

「あら」

ドレスから剝《む》き出しになったニーナの肩口に、どす黒い何かが纏わりついている。

「精霊だなんてひどいですわ。お姉さま」

男の上半身に竜と蛇が混ざり、それを醜く捻《ね》じ曲げたかのような、歪《いびつ》な異形だ。

右腕に大蛇を巻きつけ、下肢が巨大な竜のそれである存在は、背中に破れた羽を持っている。それを静かに睨《にら》んだエドガルドがメアリを抱き寄せ、守るようにマントで覆ってくれた。

「精霊なんて低次元の存在と、一緒にしては失礼です。ね？　クリフォード殿下」

「……そ、それは……」

クリフォードの声が、助けを求めるかのように震えている。異形が傍にいるとはいえ、その怯え方は尋常ではない。

「エドガルドさま。あの異形の竜は……」

「……お前の想像している通りだろう」

エドガルドの腕の中で、メアリはぎゅっと眉根を寄せた。ニーナの傍にいる精霊のような異形は、次の瞬間に大きく体を捩《よじ》る。

そして歪んだ咆哮《ほうこう》を上げたかと思えば、高いホールの天井いっぱいに巨大化した。

『あああ、あ……!!』

（っ、なんて力……!!）

エドガルドの腕に守られていても、肌の表面が痺《しび》れるほどだ。夜会の参加者である貴族たちが、シャンデリアを揺らす異形を見上げて悲鳴を上げる。

「化け物……!!」

「に、逃げろ！」

彼らは一斉に走り出した。けれども竜が長い尾を振るい、出口に向かう階段を砕く。

「うわあ、階段が!!」

「行かないでくださいませ、皆さま。歴史が変わる日には、証人が必要なものですわ」

異形の竜を連れたニーナが、可愛らしくくちびるを尖《とが》らせて拗《す》ねた。その傍ではクリフォードが、何もかも諦めたように項垂れているのだ。

「ニーナ。あなたが連れている、その存在は」

クリフォードの様子を見たメアリは、ニーナが何をしたのか確信する。

「レデルニア聖国の、守護神なのね……？」

「……ふふ……っ！」

メアリの言葉を肯定して、ニーナは無垢《むく》な少女の微笑みを浮かべた。

「その通りなのです、お姉さま！」

頬を嬉しそうに紅潮させたニーナが、ドレスの裾を広げるように摘《つま》んではしゃぐ。異形の神の下でくるくると回って踊るその姿に、クリフォードがますます顔色を悪くした。

「クリフォード殿下におねだりして、レデルニアの神殿に招いていただきました。そこで一番得意な魔法を使ったら、レデルニア神とこんなに仲良くなることが出来たのですよ！」

「あなたの一番得意な魔法。それは……」

「ええ！」

ニーナがドレスの裾から手を離すと、それはまるで花びらのようにふわりと揺れた。

「――魅了魔法です。レデルニア神は今や、私の虜《とりこ》」

「……っ」

メアリの知る伝承のレデルニア神は、半人半竜の体を持ち、その背に美しい鳥の両翼を持つ姿をしていたはずだ。

聖国の守護神にふさわしい、荘厳な美しさを持つと語られていた。

けれどもニーナの背後に立ちはだかるレデルニア神は、禍々《まがまが》しいほどの魔力を全身に纏い、歪んだ姿形をしている。

全身を覆う醜い鱗《うろこ》も、その肌を不快そうに掻《か》き毟《むし》る鉤爪《かぎづめ》も、神どころか魔物にしか見えないのだった。

「聖女ニーナさまが、レデルニアの神を魅了しただと……？」

「そんなことが可能なのか。なんという、凄まじい力をお持ちなのだ……」

ニーナの言葉を聞いた貴族たちも、恐怖に震えながら驚愕《きょうがく》している。それを聞いたニーナは、満足そうに目を細めた。

「私に恋をして下さった途端、このような醜い姿になってしまわれましたけれど……」

ニーナはくすくすと笑いながら、レデルニア神の竜の尾に甘えて擦り寄る。

「恋とはそういうものなのですよね？　醜く浅ましい、ひどい欲望。ふふ、聖女には無欲さと清貧を求める神にも、そんな感情を持つことが出来るだなんて！」

クリフォードが床に膝をつく。ニーナはそれに見向きもせず、幸福そうに笑った。

「レデルニア神は私のもの。お姉さまにすら出来なかった、神をも虜にする聖女の力を持っているのです！」

メアリは静かに目を伏せると、エドガルドの腕の中でこう言った。

「……エドガルドさま。お願いがあります」

「――――……」

妹に聞こえない小さな声で、そっと懇願する。

メアリがエドガルドに告げているあいだ、ニーナはクリフォードや貴族たちが怯える中で、ひとりだけ上機嫌に歌うように、竜の尾と踊るように歩いていた。

「ご覧くださいお姉さま、すごいでしょう！」

「…………」

「これで、私の方がすごいと証明できたはず！　お姉さまよりずっと、ずっと……!!」

立ち止まったニーナが両手を広げて言い切った、そのときのことだ。

「――それで？」

「！」

メアリの肩を抱いていたエドガルドが、心底からどうでもよさそうな言葉を吐いた。

「くだらない茶番に、いつまでメアリを付き合わせるつもりだ」

「……なんですって……？」

メアリの肩から手を離し、エドガルドが庇《かば》うように歩み出る。メアリはそれを受け、密《ひそ》かに両手を組んで目を閉じた。

「七十二柱のうち、序列二十九位の神。確かにレデルニア神の力は『それなりに』強大であり、それを殺して国を奪おうと考える敵は少ないだろうな」

「当然です」

「だが、それがなんだと言っている」

ニーナはレデルニア神を背後に従え、エドガルドを強く睨み付ける。

「虚栄ですね。いかなエドガルド殿下といえど、私たちのことは恐ろしいはず……!!」

レデルニア神の開いた口から、ぼたぼたと赤い粘液が垂れた。それはニーナの傍に落ち、美しいドレスを汚す。

「偉大なる神を、人である私が服従させました。私の素晴らしさを、凄まじさを、分かりもしない愚者でもないでしょう!!」

「神の力は、貴様自身の力ではない」

エドガルドの声は冷ややかで、そこには蔑《さげす》みすら滲んでいた。

「どうして貴様よりもメアリの方が、聖女として優れた力を持つのか教えてやる」

「なにを……」

「神どもは罪のない魂を好むらしい。その罪を生み出す根源とは、人間の持つ欲の心だ」

エドガルドの説明する内容を、ニーナはどうやら知らなかったようだ。

ニーナは大神殿から大切にされるあまり、聖女としての働きを免除されてきた。その結果として、幼い頃に受けるべき聖女教育を、与えられてこなかったのではないだろうか。

「だからこそ、メアリのような欲を持たない聖女が強い。――そして、その逆が起きるのは道理だな」

エドガルドは、ニーナを挑発してこう言った。

「欲にまみれた醜い聖女が、メアリに勝てるとでも思うのか?」

「っ、レデルニア神さま……!」

エドガルドの断言に、聞いたことのないような声音でニーナが言った。

「いまの言葉をお聞きになりまして!? アイゼリオン国の王太子が、レデルニア神さまの聖女たる私を侮辱したのです!!」

『う……あ』

「レデルニア神さま。どうかあなたの恋しい私のために、あの男に思い知らせてくださいませ!!」

上半身が人に似た竜の異形は、鉤爪のついた腕を大きく振り上げる。

夜会のホールいっぱいに膨れ上がったその体で、人間が攻撃されてはひとたまりもない。ましてやその爪はどす黒い紫に変色し、明らかな毒を帯びていた。

「まずは、お姉さまの今の居場所を奪うところから……!!」

(……ありがとうございます、エドガルドさま)

その瞬間、メアリはぱちっと目を開ける。

「――無言詠唱、完了」

「は……?」

ニーナたちに気付かれないように、長い長い詠唱を心の中で唱えられた。

エドガルドの背中に守られ、視線から隠されていたメアリは、両手を翳《かざ》して最後の仕上げを口にする。

「神よ。終焉《しゅうえん》を前に悪《あ》しき力封じ、秩序に従い守り給《たま》え！」

「!!」

メアリの両手を中心にして、光が広がった。

それは球状の結界となり、エドガルドに迫るレデルニア神の腕を弾《はじ》く。

『ぎ……!!』

（んん……っ！）

エドガルドへの直撃は防いだものの、メアリはぎゅっと目を瞑る。レデルニア神が悲鳴のような咆哮を上げると、ホール中の窓やシャンデリアがびりびりと震えて共鳴した。

「見ろ！　メアリさまが、神をも退ける結界を!!」

「なんというお力だ……!!」

「メアリ」

エドガルドがメアリを守るように抱き寄せ、耳打ちするように小さな声で言う。

「もういい。あとはすべて俺が対処する」

「いいえ。エドガルドさまといえど、おひとりで神と戦っていただくわけには……！」

レデルニア神に纏わり付く霧のようなものが、毒素を帯びていることは明白だった。

いまの結界は、エドガルドへの物理攻撃を弾くだけではなく、この場にいる参加者たちを毒霧から守るためのものだ。

「こ、この光は……？」

「メアリさまの魔法なのか……!?」

広がってゆく結界に包まれた人々が、自分たちの体に淡く滲む光を見て驚く。強力な結界に解呪効果を混ぜた魔法が、なんとか上手《うま》くいったようだ。

（神と戦うだけであれば、エドガルドさまなら可能なのかもしれない。けれど人々を守りながらでは、どうしてもエドガルドさまの御身が危ういわ）

転移魔法で大勢を逃すことは出来ない。エドガルドの使い魔たちの魔法は、上位存在である神に相殺されてしまう。神を殺す大罪を犯せるのは人間だけだという、強固な掟《おきて》が存在するのだ。

（毒が通用しないようにする結界も、お怪我《けが》をなさった際の治癒も、エドガルドさまには効かない。聖女の力を持っていても、エドガルドさまだけはお助け出来ない……！）

「メアリ」

「……っ」

強い目眩《めまい》に襲われて、メアリは顔を顰《しか》める。

レデルニア神を結界で弾いた瞬間に、頭の奥が鷲掴《わしづか》みにされたような衝撃を覚えたのだ。

エドガルドはそれを案じ、ニーナたちに知られないように止めてくれている。

（詠唱に時間と魔力を要する、最上級の結界なのに。それでもやっぱり、神を完全に拒むことは出来ない）

メアリは痛みを堪えながら、エドガルドを見上げた。

「妹を、止めたいのです」

「……くそ」

エドガルドを守るためだと言ってしまえば、絶対にこの場には居させてくれないだろう。

だからメアリは、もうひとつの理由だけを口にする。やさしい人の力になるためには、どうしても嘘《うそ》が必要だった。

「言っておくが、さすがに手段を選べないぞ。いざとなったら他の人間を切り捨ててでも、お前を最優先する」

「やはり、レデルニア神さまの毒が理由で……？」

「ただ神殺しを行うだけでは、恐らく終わりはしないだろう。下手をすればこの国を中心に、大陸中が毒で汚染されるだろうな」

メアリの結界でも、大陸中に範囲を拡大することは出来ない。ましてや魔法の効かないエドガルドのことは、傍にいたって守れないのだ。

やはり、レデルニア神を正常に戻すしか方法はない。

「こんなの、おかしいです……」

「ニーナ」

ニーナが震える声で呟いた。結界に弾かれたレデルニア神は、爛《ただ》れた腕を掲げるようにして悶《もだ》え苦しんでいる。

「これは神たる存在。服従させれば、誰もが私をお姉さま以上だと思い知るはず。それなのに」

『ぎあ、あ、あ……！』

「お姉さまの結界なんかが、神を押し留《とど》めるなんて。欲が無く、罪から遠い聖女が、それほどまでに強いとでも!?」

巨大な竜から遠ざかるように、ニーナが一歩後ずさった。

「なぜお姉さまの結界に負けるのです、レデルニア神さま!!　私のことを好いているのでしょう？　恋しい私のためでしょう!?」

「……ニーナ」

「どうして私のために、あの男を殺してくれないのですか……!!」

メアリは、支えてくれるエドガルドの腕に縋り付きながら息を吐き出す。

「ニーナ。いまのレデルニア神さまは、すべてのお力を発揮出来ていないわ」

「いいえ、有り得ません！　だってこれは私のため、それなのに」

「……だって、偽りの想いだもの……」

「!!」

エドガルドの袖口を握り締め、やっとのことで頭痛に耐えながら異母妹に告げる。

「魅了魔法による恋は、相手を支配しているだけ。聖なる神がそんな不誠実に侵されて、正しい力を出せるはずもないの」

「……魅了魔法が、相手への支配……？」

「エドガルドさまが仰った通り、神は人の犯す罪を嫌うわ。……無理やり恋をさせるという大罪で縛り付けた想いは、神々の力を妨げてしまう……」

こめかみから汗が伝ったが、エドガルドは見守ってくれていた。

「ニーナ。いい子だから、魅了魔法を解いて」

メアリは肩で浅く息をしながら、異母妹にそっと促す。

「レデルニア神さまを、聖国にお返ししましょう？」

「……っ」

ニーナは両手を強く握り締めると、大きな声で叫んだ。

「——嫌!!」

「ニーナ」

幼い子供が癇癪《かんしゃく》を起こすかのように、瞳を潤ませながら言う。

「このままでは、また全部お姉さまのものですもの……!!　私にあるのは空っぽだけ。派閥争いのために与えられた特別、嘘ばっかりの愛情！　実際のお役目を果たさせてもらえない、名ばかりで空虚な聖女の立場……!!」

ニーナはレデルニア神を見上げると、泣きそうな声で懇願する。

「レデルニア神さま！　お願いです。私のことを愛しているのでしたら、どうか!!」

『あう、あ、あ……している。愛、愛して……』

焼け爛れてあぶくを生み出す蛇鱗《だりん》の腕が、溶けながらゆっくりと一点を指差す。

『——愛しているのは、あの聖女だ』

「え？」

ニーナが途方に暮れた声を上げた。なにしろ神が示すのは、ニーナのことではない。

「私じゃ、なくて」

その指は真っ直ぐに、メアリの方へと向いていた。

「……お姉さま……？」

エドガルドが、レデルニア神を静かに睨み付ける。

「魅了魔法が切れたか。人間による精神支配の魔法が、神相手に永続するはずもないな」

「エドガルドさま。ですが、レデルニア神さまが正常に戻る様子は……」

それどころか体を覆う鱗が溶け、いっそう醜い体に変化してゆく。

「当然だ。強制的に『人間と同じ欲』を教え込まれた神が、これまでの超然とした存在のままでいられるものか」

『これが、人の欲……！』

人間のような形をした顔で、その口から割れたような声がする。レデルニア神は竜の尾を振りながら、両手で自らの顔を撫で回して笑った。

『これが欲。これが望み。なんという甘露……!!』

「罪を拒み、欲を嫌うはずの神に、恋慕という欲を与えるからこうなる」

エドガルドが忌々《いまいま》しそうに呟いた。どろどろと溶けたレデルニア神が、にたりと笑って恍惚《こうこつ》と言う。

『……お前はもっと甘いのか？　聖女』

「!!」

メアリを掴もうと迫ってきた神の手が、ぱんっと音を立てて弾け飛んだ。

「エドガルドさま!!」

「あれを討つ。お前だけを転移させたところで、どうせどこまでも追ってくるからな」

エドガルドの魔法で腕を壊され、レデルニア神はけたけたと声を上げ笑う。エドガルドは邪魔そうにマントを払って翻し、メアリに告げた。

「逃げる気がないのなら、せめてこの愚神から離れた場所にいろ」

「……っ」

エドガルドの傍にいると、縋り付きたい気持ちでいっぱいだった。

（いくら弱体化していようと、相手は神さまだもの。人間ひとりで戦うなんて、普通なら無謀でしかないわ……けれど）

いまのメアリに出来ることは、愛おしい人のもとにいることではない。

「結界を補強し、参加者の皆さまを守護します！　エドガルドさまは何卒《なにとぞ》、レデルニア神さまの毒にお触れにならないよう……！」

「分かっているから、早く離れろ」

メアリはくちびるを結び、エドガルドたちに背を向けて駆け出した。

『聖女を寄越《よこ》せ。聖女を食わせろ。私の恋しい無垢なる聖女を……！』

「黙れ」

エドガルドが返すと同時に、メアリの背後でおぞましい音がする。無数の蛇が蠢《うごめ》くような気配と共に、雷鳴が鳴り響いた。

（毒の危険がある以上、エドガルドさまは強引に力で押すことが出来ないはず。私に出来るのは、少しでも集中しやすくすること……！）

唯一の出口である階段が崩れた会場で、貴族たちは混乱しながら逃げ惑っている。

「バルコニーの方へ!!　背に腹は代えられん、飛び降りるぞ!!」

「無茶だ、この高さでは死んでしまう!!　おい、誰か私の踏み台になれ!!　私は由緒正しき侯爵家の当主だぞ!?」

「みんなあの邪神に殺されるんだわ……!!　息が、息が苦しい……」

「皆さま、落ち着いてください！」

メアリは息を切らしながら立ち止まり、両手を組む。なるべく多くの魔力を込め、祈りの魔法を唱えた。

「呼吸が、楽になった……？」

彼らの体が光を帯び、ざわめき声がする。メアリは先ほどの頭痛をまだ引き摺《ず》りながらも、平然としたふりをして背筋を正した。

「皆さまのお体に、毒の耐性を増す魔法を掛けています。エドガルドさまがレデルニア神を遠ざけてくださっている限り、すぐに危険が訪れることはありません」

「エドガルド殿下が……」

「我々を、邪神から守って下さっているのか？」

混乱が少し落ち着き、メアリは息を吐き出す。次に、一組の男女のもとへと駆けた。

「ニーナ！」

床の上に力なく座り込んでいるのは、異母妹のニーナだ。クリフォードが手を引き、どうにかここまで連れて来たのだろう。

「クリフォード殿下、ありがとうございます！　ニーナと一緒に逃げて下さったのですね」

「め、メアリ。すまない、ニーナが……」

「……どうして……？」

ニーナは俯いたまま、小さな声で何度も繰り返している。

「どうして、お姉さまだけなのでしょう。どうして、どうして……？」

「……ニーナ」

「私は死ぬまで、飾りのまま。自らの力を使うことも、行動することも許されず……にこにこ笑って座っていることだけを求められる、お人形」

「ニーナ！」

メアリの呼び掛けに、ニーナがゆっくりと顔を上げた。

泣き腫らしたその目からは、それでもまだいくつもの涙が零れている。

「私のことを必要としている人なんて、誰もいません……」

「……っ」

呆然《ぼうぜん》とした妹の悲しげな言葉に、メアリはぎゅっと眉根を寄せる。

（小さな頃からずっと、大神殿から出ることも許されなくて。……司教さまに逆らえず、自分で考えることが出来なかったのは、ニーナも同じ）

メアリはそっと膝をつき、ニーナの間近に視線を合わせる。

「あのね、ニーナ」

「……おねえさま……」

メアリは彼女に手を伸ばし、こう告げた。

「歯を食い縛って」

「……え……」

そうしてニーナの顔を手でくるむと、額同士をごちん!!　とぶつける。

「きゃん……っ!!」

「メアリ!?」

悲鳴を上げたニーナが額を押さえ、驚いてメアリのことを見上げた。

「悪女だから暴力で解決するの。しっかり聞いて、ニーナ！」

おでこが痺れてじんじんする。ニーナも痛かったはずなのだが、メアリも同じく痛かった。しかし、いまはそれどころではない。

「私には今、あなたが必要だわ!!」

「……！」

メアリと同じ桃色の瞳に、ちかちかと星が瞬いた。

「いますぐ立って、力を貸して！　私の結界を強化した上で、ここにいる人たちを少しずつでも転移させるの！」

「……おねえ、さま……」

「転移魔法は触れている人しか飛ばせない。私ひとりでこの人数は無理だわ！　戦うには狭いホールの中、他の人たちに危害が及ぶかもしれない状況で、エドガルドさまは全力を出せないはず」

　エドガルド自身は否定しても、彼はそういう人なのだ。だからこそ、王になるのを避けるためであっても、民を直接殺《あや》めて傷付けるような方法は取らない。

「エドガルドさまをお助けしたいの。……お願いニーナ、力を貸して……」

「……っ、私は……!!」

　ニーナの瞳から、先ほどよりも大粒の涙が溢れる。

「私は。……誰よりも、何よりもメアリお姉さまに、私の存在を認めてほしくて……」

「ニーナ」

　幼い頃から傍に居たのに、誰よりもお互いが遠かった。

　大神殿の中ですれ違う際、司教たちに囲まれたニーナの姿を遠目に見たことを思い出す。

あのときニーナも同じように、メアリのことを見詰めてくれていたのだろうか。

「認めない訳がないわ」

「……！」

　ニーナに手を伸べて、メアリは告げる。

「あなたは生まれたときからずうっと、私の妹なんだもの」

「お姉さま……」

ニーナがぎゅっとくちびるを噤《つぐ》み、メアリの手を摑んだ。そして立ち上がると、涙を手の甲で拭って言う。

「私はお飾りの聖女どころか、神を穢《けが》した大罪人です。ですが今は、お姉さまと一緒に！」

「ニーナ」

そのとき、レデルニア神が大きな咆哮を上げた。

『退《ど》け……!!』

「エドガルドさま!!」

轟音《ごうおん》と共に雷光が走り、エドガルドの雷が竜の尾を貫く。しかし振り上げられた尾の勢いは殺し切れず、それが天井を打ち砕いた。

『通せ。通せ。そこを通せ、聖女を寄越せ……!!』

「メアリ、逃げろ！」

（いいえ。結界を！）

メアリは祈り、怯えて蹲《うずくま》る人々の頭上に物理結界を張り直す。それが落下してくる無数の瓦礫《がれき》を弾くものの、どうしても広範囲を守り切れない。

（ただの瓦礫じゃないわ。崩れる天井の塊が、レデルニア神の魔力を帯びている……！）

穢れた神の強い魔力が、結界を張るメアリの魔力に侵食する。結界に瓦礫が当たる度に、術者であるメアリの頭がひどく痛んだ。

ニーナが隣に並び、同じく結界を張ってくれる。それによってメアリの負荷が少し和らいで、顔を上げることが出来た。

「お姉さま、結界は私にすべてお任せください！」

「ありが……」

けれどもそのとき、ニーナの頭上に瓦礫が落ちてくる。

「危ない、ニーナ！」

「!!」

別の結界を張り直す時間はない。メアリはニーナを抱き締めて庇おうとするが、それすらも間に合うはずがなかった。

その瞬間メアリの目の前で、ニーナに覆い被《かぶ》さった人物がいる。

「ぐ……っ」

「クリフォード殿下!!」

ニーナを押し倒して抱き締めたクリフォードの背中に、邪気を帯びた瓦礫が直撃した。

「く、あ……」

「クリフォード殿下……!?　どうしてですの、なんという無茶を……！」

ニーナの顔色が真っ青になり、クリフォードの下から急いで這い出る。ニーナとメアリが治癒魔法を使おうとするのを、クリフォードはすぐに止めた。

「私の治癒は、いま必要ない……」

「ですが、クリフォード殿下……！」

「それよりもニーナ、他の方々の、避難や救助を。……そしてメアリ、君には……げほっ」

苦しそうに咳《せ》き込んだのは、瓦礫が直撃したことだけが理由ではないはずだ。

神の穢れた魔力か、あるいは毒の所為で、クリフォードの顔から血の気が失せてゆく。

「私の優柔不断や浅慮で、君を、君たちを傷付けた。君が追放されるときだけでなく、そのずっと昔から、僕だけは君の味方であるべきだったのに……」

「クリフォード殿下」

メアリはぎゅっとくちびるを結び、クリフォードに治癒の魔法を掛ける。

「メアリ。私は……僕は」

「ニーナ、クリフォード殿下をお願い。そして殿下は、ニーナをお願いいたします」

クリフォードからの謝罪なんて必要ないのだ。メアリが望んでいるものは、そこには存在しない。

「託したわ」

「……っ!!」

ニーナは相変わらず泣きそうな顔で、それでも懸命に頷いた。

「私にお任せくださいませ。行ってください、お姉さま！」

「ありがとう。ニーナ」

ニーナひとりの結界で、この会場にいる人たちを守れるはずだ。それを確信し、メアリは再び駆け出した。

目指すのは、レデルニア神と戦うエドガルドのもとだ。

（レデルニア神さまが、またお姿を変えて……）

人の形をしていた上半身は、無数の蛇のような魔力が集まり、塊となって蠢く姿に変貌していた。

その蛇の頭がエドガルドに襲い掛かり、エドガルドがそれを魔法の風刃で切り落とす。すかさず竜の尾が迫り来るも、エドガルドは火柱によってそれを退けた。

冷静かつ的確な対処であり、弱体化したレデルニア神が苦しんでいるのも分かる。エドガルドは全力を出していないのに、これほどまでの力を持っているのだ。

（背後に守るものがあり、毒を警戒せざるを得ない状況でも、エドガルドさまはお強い。攻撃力だけでなら、このお方は神にも並ぶのだわ……！）

『邪魔な人間め。退け、退け……嗚呼《ああ》、聖女メアリを早く食わせてくれ……!!』

「口を閉じろ」

不快そうな声と共に、天井付近で閃光《せんこう》が爆《は》ぜた。エドガルドの放った魔法が、レデルニア神の頭を霧散させたのだ。

『ぎあ、あ、あ……!!』

けれどもその頭は、無数の蛇が蠢いてたちまち再生する。メアリは必死に駆けながら、その神をきっと睨み付けた。

ぼたぼたと落ちた体液のようなものが、床に滲んで新たな蛇となる。エドガルドはそれをすぐさま凍らせ、砕氷した。

レデルニア神が苦しみ悶え、エドガルドは悠然とそこに立っている。エドガルドの背を見据え、メアリは息を呑んだ。

(エドガルドさまの方が、お強い……?)

勝てるのかもしれない。

そう思った瞬間に、メアリは気が付く。

『いい加減に、死ね』

「――――……」

「エドガルドさま!!」

メアリは叫び、エドガルドの眼前に結界を張った。

青い光の陣が展開し、神の攻撃を防ぐ。けれども結界を軋《きし》ませるその衝撃に、メアリは思わず背を丸めた。

「っ、う……!!」

「メアリ、何故こちらに来た!」

「エドガルドさま、こそ、どうして……!」

エドガルドがどのような状況で戦っていたのかを、メアリははっきりと理解した。

レデルニア神の周囲には、他の場所とは比べ物にならないほどの濃い毒が漂っている。

魔法によって毒の耐性を高めているはずのメアリですら、呼吸が苦しく感じられるほどだ。

ましてやその魔法が効かないエドガルドなど、毒の影響を受けていないはずがない。

「……この神は心臓に近い場所を攻撃した際に、特に膨大な毒を放出するらしい」

エドガルドが僅かに掠れた声で、メアリに告げる。

「一方で頭や手足、尾などの末端部分なら、飛び散る毒は抑えられるようだ。そして欠損した体を再生するごとに、毒素の総量が僅かにだが減っている」

「つまりエドガルドさまは毒に耐えながら、少しずつレデルニア神を攻撃して削り、毒を弱めていらっしゃると……？」

「神の急所は心臓だ、殺すには左胸を攻撃するしかない。だが、いまの毒量で心臓を貫けば、放出された毒はお前の結界でも防ぎ切れないだろう」

つまり、とどめの刺し方を失敗すれば、ここにいる全員が命を落とすことになるのだ。

「皆さまのことはニーナに任せて参りました。私もどうか、ここであなたのお手伝いをさせてください……！　毒からお守りすることは出来なくとも、物理的な攻撃なら結界で弾けます！」

「不要だ。その結界は、お前に負担を齎《もたら》している」

「エドガルドさまの苦しみに、比べれば……っ」

メアリの姿を見詰めるレデルニア神が、心底から嬉しそうな声を上げる。

『おいで、聖女よ。こちらにおいで、私のところにおいで』

「レデルニア神さま……」

『いつものように。無欲で罪から程遠い、清らかな祈りを捧げておくれ……』

エドガルドが舌打ちをし、使い魔たちを召喚する。呼び出されたシュニとフラムは顔を顰め、とても苦しそうな表情をした。

「シュニ、フラム……！」

「白、赤。この神からなんとしてもメアリを遠ざけろ」

いくら大精霊といえども、神は精霊にとっての上位存在だ。日頃は互いに干渉しないはずだが、神と精霊が敵対した場合、精霊に勝てるはずもない。

けれどもふたりはメアリを守るため、エドガルドの命令に頷こうとした。

「はい、ご主人――……っ」

「いいえ。シュニ、フラム！」

その首肯を遮って、結界を張りながらメアリは叫ぶ。

「ふたりとも、エドガルドさまではなく私を選んで！」

「メアリさま……？」

「おい。何を……」

「言ったでしょう？　私は強欲な悪女だと！　エドガルドさまの使い魔さんに名前を付けて、私のものにする悪行も行うのだと……！」

振り下ろされるレデルニア神の尾を、エドガルドが魔法で弾き飛ばした。そこにすかさず落ちてくる蛇を、今度はメアリの結界が防ぐ。

「エドガルドさまをお守りしたいの、私のお願いを聞いて！　ふたりには私を守るよりも、探してほしいものが……!!」

「メアリさま……」

「メアリ」

シュニとフラムは呆然としたあと、互いに顔を見合わせる。そしてメアリの言葉を聞き、ホールの中央へ駆け出した。

「何をしている、使い魔!!」

「ごめんなさい、エドガルドさま」

彼の背後に守られるのではなく、隣に立って結界を張りながら、メアリは告げる。

「魅了魔法の所為で、あなたは私を大事にせざるを得ません。こうして私がお傍にいることは、あなたにとってとても残酷なことのはず」

「まったくだ……！　分かっているならさっさと退《さ》がれ！」

「退がれません。エドガルドさまをお守りします、後ろの人々も守ります！　ですからあなたはどうか、すべてのお力を神と戦うために……!!」

メアリはさらなる魔力を結界に注ぎ、光の層を厚くする。エドガルドが止《や》めさせようと手を伸ばしてくるも、それを防ぐように竜の尾が翳された。

彼は舌打ちをして魔法を放ち、目前まで迫り来る竜の尾を切り落としながら言う。

「無欲で居るのも大概にしろ！　俺はお前に、自己犠牲など望んでいない」

「自己犠牲ではありません……！」

エドガルドの戦う傍らで、メアリは懸命に結界を押し広げた。穢れた魔力が触れる度に目眩がしたが、必死に踏ん張ってそこに立つ。

「エドガルドさまは、私を無欲だと仰いました。けれど」

「……っ」

エドガルドの魔力が迸《ほとばし》り、それが大弓と矢の形を成した。三本同時につがえて引くエドガルドの額から汗が伝い、首を射抜かれたレデルニア神の頭がぼとりと床に落ちる。

『ぎあっ、あ、寄越せ、聖女を……!!』

「メアリ！」

落ちた頭が飛び上がり、エドガルドに噛み付くのを、結界で防いだ。

こんな痛みくらいどうということはない。メアリが魔法によってようやく耐えられている毒を、エドガルドはすべてまともに受けているのだ。

「私の本質は、無欲などと呼ばれるべきものではありません……！」

レデルニア神の首から、粘着質な音を立てて頭が再生する。落ちてくる瓦礫と千切れた蛇を結界で押し留めつつ、メアリは声を上げた。

「私はただ、空っぽだったのです」

「……？」

こうして誰かの命令に背き続けるのも、メアリにとっては初めてのことだ。

「一時間だけでも眠れれば幸せで、一口でも食べられれば嬉しい。そんな風に自分に言い聞かせながら、ただ茫洋《ぼうよう》と生きていました」

「……メアリ」

「長年なにも強く望むものはなく、漠然とただ外の世界に憧れ、けれども行動することはないままに。大神殿で過ごしていた私は、願いがなくて空っぽのまま……！」

妹のニーナはメアリの前で、自分は人形だったと泣いた。メアリもそれと同様だ。

「どなたかに『死んでくれ』と願われても、容易《たやす》く受け入れていたかもしれません。『今日まで生きられたのだから、それで充分に幸せな人生だった』と受け入れて……」

「………っ」

忌々しそうに顔を顰めたエドガルドが、再び弓を引き絞った。

「けれどもいまは、違います」

ぎりぎりと軋む音を立てて、凄まじい勢いで矢が放たれる。エドガルドの怒りが込められたその矢は、メアリの結界を砕こうとした神の腕を射落とした。

「エドガルドさまに寝かせていただいた寝台でまどろむ怠惰も、お友達が作ってくれたドレスを自慢する傲慢さも。エドガルドさまの使い魔さんたちと仲良くしたくなる強欲も、幸せなチョコレートをたくさん食べる暴食も……！」

震える手で結界を更に広げる。ここでエドガルドを守れるならば、何が起きても構わないと感じていた。

「働くことに対しての対価がいただける充実感や、皆さまの笑ってくださる顔。エドガルドさまが、私が喜んでいると満たされると、そう仰って下さったこと……」

それらを与えられたときのことを、メアリはきっと忘れないだろう。

「大神殿にいた頃の私は、無欲だったのではありません」

必死に結界を張りながらも、メアリはエドガルドのことを見上げた。

(愛おしくて、大切な人。私は)

守るため戦ってくれるエドガルドの瞳を見据え、泣きそうになりながらメアリは微笑む。

「——ずっとこれが欲しかったのだと、気付くことすら出来ませんでした」

「……メアリ」

強い目眩に苛《さいな》まれるが、結界の力が強くなっているのを自身でも感じた。エドガルドもそれを察してか、驚いたように目を見張る。

「欲のない聖女が強いのであれば、私はこれからどんどん力を失っていくのでしょう。それなのにどうしてか、確信があるのです」

「確信……?」

浅く息を吐き出したエドガルドに、大きく頷く。

「エドガルドさまのお傍にいる私は、どんな私よりも強いのだと——!」

「!」

『ぎ……っ!?』

メアリの放った祈りの魔法が、レデルニア神を怯ませた。

目を見張ったエドガルドが、それでも瞬時に雷撃を放つ。雷によって右腕と頭を同時に焼き切られ、レデルニア神がますます苦しんで声を上げた。

「……いまのは」

「エドガルドさま、手を……」

メアリは無意識に、エドガルドに懇願していた。

「手を、繋ぎたいです……」

「…………っ」

すぐさまぎゅっと引き寄せられ、互いの指同士を絡めてもらえた。メアリはそれにほっとして笑い、何度も肩で息をしながら口にする。

「レデルニア神さまも、思い違いをなさっています。……神がご存知なのは、大神殿にいたころの、空っぽな私の魔力だけ……」

神が無欲なものを好むのであれば、もはやメアリには当て嵌《は》まらない。だって悪女であるメアリはもう、欲しいものがたくさんの欲だらけだ。

「いまの私を召し上がっても、美味しくなんてないですよ」

『聖女……！　聖女よ、ここに、こちらにおいで。どうして、どうして私を望まない……』

「いりません。私は欲に満ちた大罪人ですので、神さまなんてものは不要です」

メアリが欲しいものは、そこには無かった。

我が儘を聞いて手を繋ぎ、守るように抱き寄せてくれる人の隣こそが、望む場所だ。

「魅了魔法を解いて、このお方を私から解放しなくてはいけないと分かっていても。……心の中に眠る私の本当の願いは、そうではなくて」

「……メアリ」

「ごめんなさいエドガルドさま。これは、悪女の浅ましい願いです」

メアリはエドガルドの手を両手でくるみ、泣きたいような気持ちで目を閉じた。

「……エドガルドさまのお傍に、ずっと居たい……」


その瞬間だった。

「……？」

メアリの瞳から溢れた雫が、エドガルドの手の甲に落ちて瞬く。

「これは……」

涙が星のように輝いて、ふわりと淡い光を纏った。エドガルドがメアリの手を取り、甲に口付けを落とす。

「俺が」

彼は伏せていた目をゆっくり開き、神秘的な紫の双眸でメアリを見据えた。

「お前の心からの願いを叶《かな》えてやらないとでも、思うのか？」

「……！」

涙の雫から生まれた光が、エドガルドの手で強い輝きを放った。

それと同時にメアリの中で、大きな力が湧いてくるのが分かる。この力があればなんだって守れそうなほどの、凄まじい感覚だった。

「この力、エドガルドさまも……？」

「メアリ」

大きく身震いしたレデルニア神が、その両腕を大理石の床につける。何度もエドガルドに削られた所為か、再生した四肢や尾には、空洞のような綻びが生じていた。

エドガルドはそれを冷静に見据え、ゆっくりとメアリから手を離しながら言う。

「傍に居ると言うのなら、絶対に俺から離れるな。近くに居ないことは許さない、いいな？」

「それでは……！」

レデルニア神は咆哮を上げ、体を更に変貌させる。ホールの隅で震える貴族たちが、怯えた声を上げるのが聞こえた。

ふたりの目の前に立ちはだかるのは、完全体の竜となった姿だ。エドガルドはその右手に、魔法で作り出した剣を握り込む。

「……援護を頼む。後ろの連中と、何よりもお前自身を守り抜け」

「っ、はい！」

メアリが頷いた瞬間に、エドガルドが竜へと踏み込んだ。

襲い来る竜の攻撃を弾くべく、メアリは結界を張り巡らせる。鋭い爪による右腕の攻撃を防ぎ、すぐさま尾による一撃も撥《は》ね除《の》けた。

(さっきまでよりも、防御の反動が弱い……!)

先ほどの不思議な光のお陰か、それともレデルニア神の衰弱によるものだろうか。エドガルドが辛抱強く削ったお陰で、その体に攻撃したときの毒は随分と弱まっているようだ。

「エドガルドさま!」

神が弱っていたとしても、エドガルドが毒を受けていることに変わりはない。けれどもエドガルドは一切の迷いなく、その剣で竜の首を切り払った。

その剣尖《けんせん》をすぐさま翻し、落下してきた首を真っ二つにする。竜が頭を再生させながら襲い掛かるも、エドガルドは切先を返す動きを利用して、そのまま左腕を切り落とした。

(っ、すごい……!!)

とんっと床を蹴り一歩退いて、竜が口から吐いた毒霧をかわす。エドガルドはそのまま右手を翳すと、吹き上がった炎で竜の喉を焼いた。

(先ほどまでのエドガルドさまは、やっぱり皆さまを守ろうとなさっていたんだわ)

メアリが結界で抑えていたとしても、エドガルドが本気で戦っていれば、レデルニア神の攻撃もエドガルドの反撃も危険だっただろう。人々が混乱している状況で、何に巻き込むかは予想が出来ない。

けれどもその守護を、メアリに託してくれた。

（振り切ったエドガルドさまは、こんなにもお強い。攻撃力で神に並ぶどころではなく）

メアリの視界に映るのは、愛おしい人の見せる背中だ。

（このお方は、神すらもゆうに超えてしまう――……！）

四肢を切り落とされたレデルニア神が、苦悶《くもん》の悲鳴をあげてのたうち回った。

『聖女、聖女を……！　欲望の味を。甘露を味わわせろ、早く……!!』

忌々しそうに竜を見据えながら、剣を手にしたエドガルドが踏み出した。

「貴様などが、メアリを欲すること自体が罪だと心得ろ」

『聖女、こちらへ……！』

再生しかけの真っ黒な腕が、メアリの方に伸ばされる。けれどももはやその四肢は、先ほどまでのように蘇りはしなかった。

魔力を帯びたエドガルドの剣が、竜の巨体を真っ二つに切り裂く。

「彼女は、俺の妃だ」

『っ、あ……!!』

直後、真っ黒な靄《もや》が吹き出した。

貴族たちがどよめきの声を上げる。けれどもあれは、毒霧などの類ではない。

「再生が、完全に止まった……！」

レデルニア神は動けずに、ぐったりとその腹を上に向けている。エドガルドは短く息を吐きながら、その心臓がある辺りに刃を突き付けた。

けれども彼が動く前に、メアリは慌てて制止する。

「駄目です、エドガルドさま！」

「…………」

結界を完全には解かないまま、メアリは彼にこう告げた。

「エドガルドさまを侵す毒は、神の怒りによる呪詛《じゅそ》です。魔法が効かないエドガルドさまがそれを解毒するには、レデルニア神さまのお力がなくては……！　穢れを鎮め、正常に戻した上で解毒してもらいましょう！」

「不可能だ。こいつはもう穢れている、欲が満たされなければ鎮まらない」

「いけません！　それに、エドガルドさまがここでレデルニア聖国の神殺しを行ってしまっては……！」

神を殺す行為とは、その神が守護する国を侵略することになる。ここでエドガルドが聖国を手に入れると、さまざまな問題が起こるだろう。

聖国を乗っ取った『功績』により、エドガルドの次期国王の座が揺るがないものになる可能性だってあるのだ。

「もはや、どうにもならないだろう」

エドガルドが浅く息をつき、剣を握り直す。

「この神の欲を満たすために、お前をみすみす差し出すつもりは毛頭ない。……たとえ、何と引き換えであろうとも」

「いいえ、エドガルドさま……！　このままでは、あなたのお体が」

「お姉さま！」

そのとき、思わぬ人物が声を上げる。

「でしたら、私が代わりに参ります……！」

「ニーナ!?」

消耗しきった様子のニーナが、貴族たちの間から歩み出た。

「私をレデルニア神さまの贄《にえ》にしてください。元はと言えば私の所為、ここは私を召し上がっていただくべきです」

「何を言っているの！」

「殿方を狙って自分に堕《お》とした責任は、取らなくてはいけませんよね？」

ニーナはそう言って、寂しそうに笑った。ふらつきそうになったニーナを、隣のクリフォードがしっかりと支える。

「駄目だニーナ、贄になるなら私を。仮にも聖国の王太子である身、今後はどうなるか分からないが……」

「っ、不要です！　クリフォード殿下も、ニーナももう……」

クリフォードの言葉を遮ったとき、ちょうどメアリを呼ぶ声があった。

「メアリさま！　見付けました、ご命令のものです！」

「受け取れメアリ、ぶん投げるぞ!!」

「シュニ、フラム!」

ふたりの大精霊たちが、メアリに向けてあるものを放り投げた。

夜会用に準備したメアリの鞄だ。天井に舞い上がった小さな鞄を見上げ、メアリは声を上げる。

「エドガルドさま! レデルニア神さまのお口を、氷魔法か何かで開けさせてください!」

「……!?」

エドガルドは胡乱《うろん》げに顔を顰めたものの、すぐさまメアリの願い通りにしてくれた。

竜の口を開けるように、氷の魔法が迸る。メアリは鞄を受け止めると、その中身を取り出した。

「レデルニア神さまのお口にこれが入ったら、氷の解除を! いきますね、うんしょ……っ」

「待て、メア…………くそ!!」

『う、ぐ……』

物を投げるなんて初めてで、上手くいくかも自信がなかった。それでも渾身《こんしん》の力をもって、メアリはそれをレデルニア神の口に放り込む。

『っ、が……!!』

それと同時に、エドガルドが氷魔法を解除した。

氷が一瞬で砕け散り、竜の口が閉じる。その瞬間、レデルニア神が焼け爛れたような目を見開いた。

『…………!!』

「おい。お前が神に食わせたもの、あれはまさか……」

「はい、エドガルドさま！」

メアリの足元に散乱するのは、手のひらに載るほどの飾り箱だ。そこから漂う甘い香りは、この夜会で悪女らしく振る舞うために鞄に入れて準備をしてきた、メアリの大好きなものだった。

「世界一美味しい、エドガルドさまお見立てのチョコレートです!!」

「…………」

夜会のホールが静まり返り、エドガルド以外の全員がぽかんとする。

エドガルドはその手で額を押さえ、深く大きな溜め息をついた。毒の影響が深刻なのか、眉間《みけん》には深く皺《しわ》が寄っている。

「やはり、神殺ししか手立てはないな」

「どうしてですか!?　レデルニア神を殺さずに鎮めなくては、エドガルドさまを解毒する手段がなくなってしまいます！」

「鎮める方法がないだろう！　万が一こいつが回復しては、再びお前を狙……」

レデルニア神が呟いたのは、そのときのことだった。

『……あまい』

「！！」

先ほどとは違うざわめきが、ホールの中を支配する。

『あまい。……一体これは、これはなんだ……？』

「まさか……」

エドガルドが低い声で呟くも、ひび割れた声がぽつりと零す。

『これは、甘露だ……』

「はい！　レデルニア神さま」

神のお気に召したことがよく分かり、メアリはぱっと笑顔を作った。

「これはチョコレート、とても素晴らしいお菓子なのです。美味しいでしょう？」

『菓子……？』

「ここにいらっしゃるエドガルドさまが、私に教えてくださったもの」

メアリは微笑み、エドガルドの手を自分からきゅっと握る。

「私が知る、最も甘い欲望の味です！」

「………」

自信満々にそう告げると、エドガルドが再び溜め息をついた。

「エドガルドさま？」

「なんでもない」

そう言いながら、指を絡めるように繋ぎ返される。途端にこの状況が恥ずかしくなったが、レデルニア神はそれどころではない様子だった。

『……これは、うまいな』

「そうでしょう?」

『ああ。とてもうまい』

話している声とまなざしが、どんどん穏やかになってゆく。

『無垢で空っぽな祈りよりも。……罪に近い欲望の結晶に、こうも心が晴れるとは……』

大きな口が開いたかと思うと、あくびのような声が漏れる。レデルニア神が体を丸め、どんどん小さくなっていった。

大理石の床に残ったのは、小型で可愛らしい一匹の竜だ。

その竜がくうくうと寝息を立て、眠り始める。同時に、エドガルドの体から黒い靄のようなものが浮かび上がり、ゆらりと消えた。

「エドガルドさま！　いまのはもしや、毒が……」

「……解毒されたようだな。レデルニア神が鎮まり、穢れが消えた」

「っ、よかった……！」

メアリは思わずエドガルドにしがみつき、額を彼に擦り寄せる。それを見ていたニーナとクリフォードが、呆然としながら呟いた。

「まさか……おふたりは、鎮めてしまわれたというのですか？」

「穢れた神を、殺さずにだなんて……」

それを聞いていた貴族たちが、安堵しきったように互いの顔を見合わせる。

「助かった、のか……？」

その事実を嚙み締めた上で、彼らはわあっと歓声を上げた。

「邪神と化した神を鎮めたんだ！　この国の未来の国王夫妻が、我らを守って下さった！」

「聖女メアリさま！」

「そして聖なる王太子、エドガルド殿下……!!」

「くそ。ふざけるな」

大騒ぎの中聞こえてきた言葉に、エドガルドは心底嫌そうに顔を顰める。メアリがそれを見てくすくす笑うと、エドガルドが不意に呟いた。

「この気配、兄が来る」

「お兄さまが？」

この騒ぎを聞き付けて、夜会のホールに向かっているのだろうか。エドガルドは当然のようにメアリを抱き上げると、ニーナとクリフォードに告げた。

「茶番に付き合ってやるのはここまでだ。責任を取るというのであれば、このあとの処理の方に死力を尽くせ」

「エドガルド殿下。この度は我が国の守護神が、かような騒動を引き起こしたこと……」

「ここまでだと言っただろう。謝罪も弁明も何もかも、俺にとってはどうでもいい」

「あの、お姉さま……!!」

ニーナがこちらに駆け寄ってきて、何か言おうと言葉を探す。けれどもそれは見付からなかったのか、彼女は不安げに尋ねてきた。

「……お手紙を書いても、いいでしょうか……」

「ええ、もちろん！」

「！」

メアリが迷わずに答えると、ニーナが泣きそうな顔をする。それでも嬉しそうに頷いてくれたのを見て、メアリは微笑んだ。

「またね、ニーナ。クリフォード殿下、後はよろしくお願いします」

「行くぞ。メアリ」

クリフォードの返事を待つことなく、エドガルドが居城へと転移した。

夜会の煌《きら》びやかな余韻も、凄まじい戦闘の名残もない。

そして転移先はメアリの寝室で、先日のように寝台へと投げ出されたのだった。

エピローグ

Epilogue

「エドガルドさ、ま……っ！」

「――それで？」

メアリを寝台に降ろしたエドガルドは、使い魔たちを呼び出して振り返った。

部屋の隅に立ったシュニとフラムは、エドガルドの前でしゅんと項垂《うなだ》れている。ふたりの目は潤み、泣きそうだ。

「ご命令に違反してしまい申し訳ございませんでした。ご主人さま」

「ご、ごめんなさい。でも俺たち、あそこでご命令通りにメアリを遠ざけたら、ご主人が死んじゃうと思って……」

ふたりの謝罪を聞いたメアリは大慌てで起き上がり、エドガルドの手を引く。

「エドガルドさま、私が我《わ》儘《まま》を言ったのです！　シュニとフラムは悪くありません、お叱りは私に」

エドガルドは使い魔たちに、メアリを神から遠ざけるように命じた。けれどもふたりはそれに背き、チョコレートの入ったメアリの鞄《かばん》を探してくれたのだ。

エドガルドは、メアリたち三人の顔を順番に見遣《みや》った後で溜《た》め息をついた。

「その件を追及しようとした訳じゃない」

「え……」

「メアリの命令を聞くことに、さほど躊躇《ちゅうちょ》が無かったように見えた。日常的な世話の範囲以外で、何かメアリから命令を受けているな？」

メアリはぎくりとしてしまった。しかし、使い魔たちも気まずそうにメアリを見上げるので、彼らに説明させる前に白状する。

「……みんなにお願いしていたのです。私がエドガルドさまに掛けてしまった魅了魔法の解き方を、一緒に探してほしいと……」

「…………」

エドガルドの眉が僅かに動いた。シュニとフラムはますます項垂れるが、エドガルドは寝台に腰を下ろしながらこう告げる。

「その命令には従うな」

「え……」

使い魔たちと一緒に、メアリも驚いて瞬《まばた》きをした。

「聞こえなかったのか？　魅了魔法を解く方法は探さなくて良い。俺の使い魔なのだから、これに関してはメアリよりも俺の命令を聞き入れろ」

「で、ですがご主人さま。ご主人さまからも……」

「もう一度言うぞ。今後一切、探そうとするな――メアリからの頼みであろうと、『誰の』命令であろうとな」

「!!」

その言葉に、使い魔たちの表情がぱあっと華やいだ。メアリだけがまったく呑《の》み込めずに、何度も瞬きを繰り返す。

「え……え？」

「ご主人！　それじゃあご主人は、メアリの魅了魔法が解けなくても良いってことなんだな!?」

「分かったのならもう退《さ》がって良い。他の使い魔たちにも伝えておけ」

「ご命令しかと承りました、ご主人さま。ありがとう、ございます……！」

「お、お待ちくださいエドガルドさま。それにシュニもフラムもどうしてそんなに、喜んで……!!」

狼狽《うろた》えるメアリをよそに、使い魔たちはとても嬉《うれ》しそうにはしゃいでいる。

「やったなシュニ!!　早くみんなにも教えてやろうぜ!!」

「言われるまでも。それではご主人さま、メアリさま、僕たちはこれにて」

そうしてふたりが姿を消すと、寝室にはふたりきりになってしまった。

「ほ……本当に、使い魔さんたちにも探して貰《もら》わなくて良いのですか？　魅了魔法を解く方法……」

メアリは少し緊張しつつ、寝台の上にぎこちなく座り直す。

「不要だ。お前も探すのはやめて、毎晩しっかり休め」

「そ、それは」

「……そもそもが、そんなものはどうせ必要ない」

エドガルドが小さく呟《つぶや》いたので、メアリは首を傾《かし》げた。けれどもふと不安になり、彼の頬に触れて覗《のぞ》き込む。

「もしや、毒が抜けてからもお体の具合が……？」

「……」

エドガルドは目を閉じて、メアリを安心させるようにこう言った。

「問題は無い。お前がレデルニア神を鎮めたあと、すぐに毒の影響は抜けた」

「……ほんとうに？」

「毒とは呼んでも、あれはほとんど呪詛《じゅそ》のようなものだ。……それよりも」

「！」

メアリの手首が捕まって、彼の方へと引き寄せられる。

そしてもう一度、お互いのくちびるが重なった。

「……！」

キスをしながら優しく後ろに倒され、メアリの背中がシーツに沈む。何が何だか分からなかった所為《せい》で、反射的にその背中にしがみついてしまった。

「っ、ん」

口付けからはすぐに解放してもらえたものの、名残を惜しむかのようにゆっくりと離される。目を開けたメアリが見上げれば、エドガルドはメアリに覆い被《かぶ》さったままこちらを見下ろしていた。

（紫色の、瞳が……）

黒い前髪の掛かった双眸《そうぼう》は、神秘的な光を宿して揺れている。寝室の淡い灯りが逆光になっている所為か、いつもより暗くて深い色合いに見えた。

エドガルドは、親指でメアリのくちびるを拭いながら尋ねてくる。

「……『話』の続きが必要だな？」

「～～～……っ」

一気に頬が熱くなり、メアリは慌てて抵抗した。

先ほど隠し部屋で口付けをされたとき、メアリは彼に告げたのだ。魅了魔法を解き、雇われた務めを果たしたら、エドガルドからは離れると。

その話は確かに終わっていなかった。けれども続けられる気がしなくて、ぐいぐいと必死にエドガルドを押し遣る。

「明日……！　ごめんなさい、お話は明日に」

「駄目だ。……許さない」

「ひゃう！」

今度は頬に口付けを落とされて、メアリはほとんど泣きそうになってしまった。

「え、エドガルドさま……！」

「俺から離れると言った癖に。そのあとにまったく違うことを口にした、本音はどちらだ？」

「う……」

メアリのまなじりに触れてくれる、その仕草がとても恭しい。

左手をメアリと繋ぎ、右手で頭を撫《な》でながら、エドガルドはメアリの耳元にもキスを落とす。そして、僅かに掠《かす》れた声で紡いだ。

「メアリ」

大切そうに名前を呼ばれる。

少しだけ身を起こし、代わりにメアリのおとがいを指で摑《つか》んで、決してエドガルドから視線が逸《そ》らせないように上向かされた。

「傍《そば》に居たいと、そう願ったな？」

エドガルドは無表情に、けれども穏やかに目を伏せて、愛《いと》おしいものに注ぐまなざしをメアリに捧げる。

「……ちゃんと、聞かせてくれ」

「………っ」

本心を偽るような大罪を、メアリが選ぶことは出来なかった。

「……お慕い、しております」

震える声でそう答えると、視界が滲《にじ》んで揺れてしまう。

「……あなたのことが、愛おしい……」

「――――……」

そう答えた瞬間に、メアリの瞳からいくつも涙が零《こぼ》れた。

エドガルドはその指で、子供をあやすように柔らかく、とてもやさしく雫《しずく》を掬《すく》う。

「だったらお前の望むまま、俺のもとにずっと居ろ」

「……っ」

メアリは自身の手の甲を目元に押し付け、ふるふると無言で首を横に振る。

エドガルドはそれを見て、少し拗《す》ねたような声音で言った。

「居ろと言っている」

もう一度首を横に振った。我ながら駄々を捏《こ》ねる子供のようだが、言葉を発したら声を上げて泣いてしまいそうだ。

「メアリ」

「っ、駄目、です。私は」

「……頼むから」

両方の手首が捕まって、隠していた双眸を暴かれた。

睫毛《まつげ》までぐずぐずに濡《ぬ》れたメアリの瞳を見つめ、エドガルドが真摯な声で言う。

「傍に居てくれ」

「――……！」

祈りにも似た懇願に、驚いて思わず息を呑んだ。けれどもエドガルドがそう願うことすら、それはメアリが強いたことだ。

「……いけ、ません」

メアリは泣きじゃくりたいのを堪《こら》えながら、エドガルドの頬に両手を伸ばす。

「それは、魅了魔法によるものです。どうかエドガルドさまの本当の御心《みこころ》を、大切に……」

言い聞かせる言葉を遮ったのは、エドガルドの思わぬ言葉だった。

「——魔法じゃない」

「え……？」

瞬きをして首を傾げると、エドガルドは変わらずにメアリの涙を拭ってくれながらこう言った。

「以前から違和感を覚えていたが、俺の疑念は正しかった。そもそも魔法が効かない俺に、お前の魅了魔法だけが効くはずもないんだ」

「ですが、エドガルドさまは確かに私に恋をなさって……」

戸惑いながら尋ねると、エドガルドがふっと目を眇《すが》める。

「そうだな」

「……っ」

そのやさしいまなざしに、メアリの心臓がどきりと跳ねた。

「お前を見ると、目が眩《くら》む」

「エドガルドさま……？」

「その声を、いつまでも聴いていたいと感じる。強く抱き寄せて、そのまま二度と離してやるものかという欲求が湧く」

彼の頬に触れていたメアリの手は、エドガルドと指を絡めるようにして繋がれた。

両手をメアリの顔の横、シーツの上に押し付けられる。

無防備にエドガルドを見つめ、自由を奪われたまま状況を甘受しているメアリを眺めて、彼は再び目を細めるのだ。

「――こうして触れているはずなのに、尚《なお》もお前が恋しい」

「……っ!!」

初めてエドガルドに出会った直後にも、まったく同じ言葉を告げられたと思い出した。

「お前が俺から離れると口にしたときに、自分の感情を鑑みて確信した。この恋慕が魅了魔法によるものではないと、俺自身が断言する」

「確信、とは……」

状況を飲み込めないままなのに、心臓が早鐘を打ち続ける。

「魅了魔法になど、掛かっていない」

メアリの瞼《まぶた》にキスをして、エドガルドがやさしく笑った。こんな表情で微笑む彼のことを、メアリは知らない。

「――最初から、狂おしいまでの一目惚《ぼ》れだ」

「……っ！」

そうしてエドガルドは、再びメアリに口付ける。

先ほどと同様すぐに離れたそれは、泣いているメアリを甘やかすかのような、そんなやさしいキスだった。

（魔法では、ないの？）

魅了魔法の所為なのだからと言い聞かせて、エドガルドの傍にいるのを自制しようとした。彼にやさしくさせてしまうのも、全部自分の罪だと思っていた。

けれども他ならぬエドガルドが、そのことをすべて否定してくれている。

現実味のない感覚の中で、エドガルドの声だけがはっきりとメアリの耳に触れた。

「神にすら渡さなかった、俺の花嫁だぞ。……何処《どこ》にもやらない」

拘束するように両手を繋がれているのは、逃がさないという意思の表れなのだろうか。

それなのにメアリを見つめる瞳も、囁《ささや》く声音も、ただただ大切なものを愛《いつく》しむかのような熱を帯びている。

「あとはただ、お前が頷《うなず》くだけだ」

エドガルドが願うその声が、メアリの左胸を柔らかく締め付ける。

「俺の妃《きさき》として、傍に居てくれ」

「……っ」

その祈りに、メアリが抗《あらが》えるはずもない。

どうしようもなく嬉しくて、浅ましいと分かっているのに抑えられない。

「……はい」

必死の思いで頷いたら、大粒の涙が再び溢《あふ》れた。

「一緒に、居させてください。エドガルドさま……」

「……当たり前だ」

そう言って、エドガルドは満足そうに目を細める。

メアリの愛おしい人は、いつも冷酷で不機嫌そうな顔をしていた。けれども本当はこんな風に、やさしい顔をして笑うのだ。

その表情に見惚《みと》れたら、もう一度口付けを交わしてくれた。

メアリはやっぱり上手《うま》く出来なかったものの、せめてそうされることが嬉しいのだと伝わるよう、懸命にエドガルドを抱き締める。

そうするとエドガルドは、深く溜め息をついたあとに、「この悪女め」と揶揄《からか》うように呟いたのだった。


「レデルニア神の意向により、クリフォード殿下は王太子の地位を剥奪されたとのことです」

　あの夜会から二週間ほどが経《た》ったある日の午後、異母妹から受け取った手紙を読んだメアリは、それについてをエドガルドに伝えていた。

「クリフォード殿下はそのまま王室を離れて、以後は大神殿に仕えるご予定だとか。ニーナの支えとなってくださるだけでなく、これを機に司教さまたちの汚職について正式な調査を入れて、大神殿の正常化を図るそうですよ」

　メアリとエドガルドは、城の中庭にあるベンチに並んで座っている。メアリは膝に手紙を広げているのだが、隣のエドガルドはそちらに視線すら向けない。

「あの男の進退についてなど、どうでもいいな」

　恐らくは、その意見が全てなのだろう。

「お前の元婚約者であるという時点で、俺にとっては死んでも良い存在だ。ましてや子供の頃のメアリを放置しておきながら、今更神殿の是正を始めたところでどうなる」

　メアリの口にチョコレートを放り込みながら、エドガルドは続けた。

「神に拒まれ、王太子の座を剝奪され、国を追放されて苦境に放り出される……その程度の処遇が下されたところで、お前を軽んじた罪は拭えはしない」

「でふが……んむ」

「お前は本当にそれでいいのか？　何度も言うが、望むなら誰にどのような報復だってしてやれるぞ。あの男も、異母妹も、司教たちのすべてでも」

もむもむとチョコレートを食べ終えて、メアリは頷いた。

「いりません。エドガルドさまも、私に内緒でこっそりお仕置きするのは駄目ですよ？」

「……ちっ」

「はっ、さては考えていらっしゃいましたね!?」

「冗談だ」

絶対にどう考えても冗談ではない。メアリは冷や冷やしつつ、改めてエドガルドに念を押す。

「本当に不要なのです。追放していただいたお陰で、私はこうしてエドガルドさまのお傍に居られる訳ですし……」

「無欲だな、お前は」

「とっても欲張りの罪深い悪女であることは、エドガルドさまが誰よりもご存知《ぞんじ》かと思いますが！」

メアリは決して欲がない訳ではない。ただ、せっかくエドガルドに何かしてもらうのならば、もっとお互いにとって楽しいことの方がいいというだけなのだ。

「あの方たちへのお仕置きに使う時間で、私と過ごしてくださる方が嬉しいです。……いまのように」

「…………っ」

「エドガルドさま――――っ!?」

エドガルドがベンチの背凭《せもた》れに額を打ちつけ、ごっ！　と鈍い音がする。メアリは慌てて手を伸ばし、効かないと分かっている治癒魔法を掛けた。

「今度は何が駄目でした!?」

「駄目じゃない。駄目じゃないから死にそうになっている、可愛《かわい》いことを言うのもいい加減にしろ……!!」

「魅了魔法では無かったのに、結局はお可哀想《かわいそう》なエドガルドさま……!!」

魔法の効果ではないと自認してからも、エドガルドはなんだか苦しそうだ。メアリが何やら迂闊《うかつ》なことを言うと、こうして何かに葛藤《かっとう》している。

「魅了魔法では無かったからこそ、余計に性質《たち》が悪いんだ。お前があまりに愛らしいと、あらゆる手段を用いての自制をする羽目になる」

「あ、あらゆる手段を用いての自制……」

大変そうなのは伝わってきて、気を付けなくてはと反省する。

「こんな部分でだけ悪女らしくとも、雇われ悪女としての責務は果たせませんのに……」

「………」

メアリが悲しい顔をしてエドガルドの額を撫でていると、彼は溜め息をついた。そして座った体勢のまま、メアリを横抱きに持ち上げる。

「ひゃっ!?」

そのまま横向きに彼の膝へと降ろされ、抱き込まれた。

「エドガルドさま……？」

エドガルドは目を閉じると、こつりと互いの額を合わせて言う。

「俺が今、心からお前を必要としているということだけを意識していろ。……それだけでいい」

「……っ！」

自分の顔が火照るのを感じた。けれど甘んじるだけではいけないと、メアリは彼の頬に手を添える。

「エドガルドさまは、『お傍に居たい』という私の欲を叶《かな》えて下さいました。ですから私も悪女として、エドガルドさまのお望みを叶えたいのです」

「充分叶えられている。その望みは、俺自身も望んだことだ」

「他にも野望をお持ちでしょう？　エドガルドさまが王太子の座を退き、兄君さまにお譲りになれるよう、誠心誠意頑張りますので……」

ただエドガルドの望みを叶えたいと告げるだけでは、また自己犠牲だと思われてしまう。

だからメアリは考えて、にこっと笑ってこう告げた。

「これだって、私の欲でもあります」

「……？」

怪訝《けげん》そうに目を眇めたエドガルドに向け、自信たっぷりに言い切ってみせる。

「国王さまはご多忙ですもの。ですから私、悪巧みを致しました」

「……メアリ」

「――王位が遠い方が、エドガルドさまに構っていただけるでしょう？」

すると、エドガルドが僅かに目を見張った。

「……」

そうかと思えば彼は身を屈《かが》め、口元を押さえて激しく咳《せ》き込む。

「げほ……っ」

「エドガルドさま――――っ!!」

メアリは慌てて膝から降りると、エドガルドの背中を撫でながら尋ねた。

「申し訳ありません、いまのも駄目でしたか!?」

「お前、わざとやっているだろう……！」

「ごめんなさい、正真正銘の本心だったのですが!!」

「もういい……」

「！」

エドガルドは掠れた声で言うと、メアリをぐっと抱き寄せた。

「そんな企《たくら》みなどしなくとも、ちゃんとお前の傍に居る」

「…………！」

胸の奥がきゅうっと締め付けられて、泣きたいほどの喜びに満ち溢れる。

「……はい。エドガルドさま」

一度だけ頬を擦り寄せて、それから離れた。照れ臭くなってしまったメアリは、慌てて目を逸らしながら言う。

「っ、あの、お水を取って参ります。少しお待ちを……！」

「……ああ」

顔の火照りは耳まで伝わり、なかなか冷めてくれそうもない。

それを手で押さえて隠しつつ、メアリは急いで駆け出すのだった。


メアリがいなくなった中庭に、激しい咳《せき》の音が断続的に響いている。

ベンチに腰を下ろしたエドガルドは、身を丸めて口元を押さえていた。制御しようと思っても困難なそれは、何度か繰り返すことでようやく落ち着いてくる。

「っ、は……」

深く息を吐き出して、エドガルドは眉を顰《ひそ》めた。

「――うるさい」

他には誰の姿もない中庭で、『呪われた王太子』が小さく呟く。

「……地獄の底から、そんなに呼ばずとも分かっている……」

その手のひらには、吐き出したばかりの赤い血が広がっていた。

続く

番外編　懇願の悪女

Chapter EX

『俺の妃《きさき》として、傍《そば》に居てくれ』

そんな懇願をくれたエドガルドに頷《うなず》いたら、いくつも涙が零《こぼ》れてしまった。

メアリに口付けをしたエドガルドは、『この悪女め』と笑う。やさしく目を眇《すが》める彼を見上げると、メアリの中にはいっぱいに想《おも》いが溢《あふ》れた。

「ご、ごめんなさい。エドガルドさま……」

双眸《そうぼう》から溢れる透明な雫《しずく》は、あまり見せるべきではないものだろう。両手で目元を擦《こす》ろうとしたのに、エドガルドにそれを止められる。

「メアリ」

彼の大きな手が、メアリとやさしく手を繋《つな》いだのだ。

「なぜ泣く」

「っ、だって……」

叱られているはずの言葉選びなのに、エドガルドの声音は柔らかい。

「……心の底から、嬉《うれ》しいのです」

「泣いて、いるのにか？」

ぐずぐずの双眸で頷いて、メアリは口にした。

「私の想いは、エドガルドさまのお邪魔にはならないのですね……？」

「………」

懸命にそう尋ねれば、エドガルドは眉根を寄せる。

「邪魔になど、なるものか」

「きゃ……っ！」

そうしてメアリを抱き締めると、額にひとつキスをくれた。

耳殻のふちにもキスをされ、くすぐったくて照れ臭い。肩を竦《すく》めて目を閉じたメアリがおずおずと彼を見上げれば、紫色の瞳と視線が重なった。

「忘れるな。……お前がここにいるのは、俺が願ったからだ」

「エドガルド、さま」

今度のキスは、メアリのまなじりに落とされる。

「離れることは許さない」

「……っ」

「……先ほどから、そう伝えているつもりだが」

エドガルドは少しだけ困った様子で、こつんとお互いの額を重ねる。

「…………止まらないな」

「ううう……！」

ぽろぽろと泣いてしまうメアリを見て、エドガルドは小さく息を吐いた。

とはいえエドガルドは、メアリの泣き顔すらも愛《いと》おしそうに見守ってくれている。それが分かっているからこそ、甘える訳にはいかないのだ。

「ほ、本当に申し訳ございません。こんなところを誰かに見られてしまっては、悪女の名折れ……！」

「俺以外の誰も見ない。見せるつもりもないから、安心して泣いていろ」

「そんなのは駄目です……！　涙も有効活用しませんと、ぐすっ、勿体《もったい》無いので……!!」

「お前が神殿で身につけたその勿体無い精神は、本当に根深いな」

『やはり潰すか』と呟《つぶや》かれて、ぶんぶんと首を横に振った。すんっと鼻を鳴らしたメアリは、ひとつ閃《ひらめ》いてエドガルドに告げる。

「ぐすっ、すん、エドガルドさま。悪女といえば、殿方を誑《たぶら》かすものです……」

「……嫌な予感しかしないが。まあ聞こう」

「はい……！　ですのでここは、せっかくの涙を利用して、悪女らしくエドガルドさまを篭絡《ろうらく》しようかと……」

「…………」

エドガルドが眉根を寄せ、少し落ち着かない顔をした。

その上で、彼は言うのだ。

「…………やってみろ」

「はい！」

こんなやりとりをしているうちに、涙が少し止まったように思う。しかしメアリはこほんと咳《せき》払いをすると、エドガルドのことをじっと見つめた。

「ええと……『私を泣き止《や》ませてくださいませ。エドガルドさま』」

「どのように？」

「私がひと雫、涙を零す度に……」

メアリが言葉を紡ぐ様子を、エドガルドは顰《しか》めっ面で見守ってくれる。

だからメアリは安心して、自身のくちびるをちょんと指差した。

「慰めのキスを、一回くだ………んむっ⁉」

思わず目を見開いたのは、そのまま口付けられたからだ。

びっくりして彼の名前を呼ぼうとしたが、深い口付けに塞がれる。エドガルドとキスをしている実感と共に、甘い痺れが背筋を登った。

「ん、ん……っ」

翻弄されて目を瞑《つむ》り、それでも必死に応えようとして失敗する。エドガルドからようやく解放されたときには、メアリの世界はぐるぐると回っていた。

「エド、ガルド、さま……っ」

「……は」

肩で息をするメアリを見下ろし、エドガルドが目を眇めて笑う。

「――確かに、とんだ悪女だな」

「な、なんだか私より悪いお顔をなさっていませんか……⁉」

半泣きで抗議をするメアリに、エドガルドはまた口付ける。いつもはメアリに振り回されてくれるのに、こんな時ばかり余裕なのはずるい。

「……っ」

そう告げようとしたものの、結局は口にしなかった。

メアリはエドガルドの背中にぎゅうっと腕を回し、愛おしい人の傍に居られる幸福を噛《か》み締める。

悪女たるもの、自分の幸せには、貪欲になって然《しか》るべきなのだ。

雇われ悪女なのに、冷酷王子さまを魅了魔法で篭絡してしまいました。
不本意そうな割には、溺愛がすごい。

あとがき

雨川《あめかわ》透子《とうこ》と申します。この度は、本作『雇われ悪女』をお手に取っていただき、ありがとうございました！

このお話は、神殿を追放されて大喜びで悪女を目指すメアリと、そんなメアリに政略結婚の冷酷な夫として振る舞うつもりが、うっかり魅了魔法でめろめろになるエドガルドのお話です！

メアリのやらかしと、それでも可愛《かわい》いと思ってしまうエドガルドを、見守っていただければ幸いです！

春が野かおる先生、素敵なイラストをありがとうございました！　キャラデザからイラストの一枚一枚に至るまで、とても美しくイチャイチャしたふたりが眼福です……！　サブキャラクターも魅力的で、拝見する度ににこにこしております！

担当さま、ご相談に乗って下さり、本当にありがとうございます！　色々とお手数をお掛けしました!!

この作品は、まえざきもな先生のコミカライズを予定しております！

美麗な作画で彩られる漫画での世界は、ふたりの表情も見ることが出来て、ときめきも更に増大しています。まえざき先生、ありがとうございます!!
是非ぜひ、コミックの雇われ悪女もお楽しみに!!

ＷＥＢ版から読んでくださっている方々の応援に支えられて、雇われ悪女は2巻も書籍としてお届け出来ることになっております!
皆さま、本当に本当にありがとうございます!!　少しでもお楽しみいただけるよう、2巻のふたりのお話を全力で書き進めて参ります。

それでは、次巻でもまたお目に掛かれましたら幸いです!

著 **雨川透子**（あめかわ・とうこ）

有能なのに生き難そうな美形男子が、強い美少女に振り回されるお話が大好きです。

世界を変える力を持った美形男子と、その男子の世界を唯一変える力を持つ美少女も大好きです！

雇われ悪女のお話、お楽しみいただけましたら幸いです！


X（旧Twitter）：@ameame_honey

画 **春が野かおる**（はるがの・かおる）

イラストレーターです。

ライトノベルやTL/BLの小説挿絵、漫画、線画着彩、ゲームイラストなど。


X（旧Twitter）：@harugano

雇われ悪女なのに、冷酷王子さまを
魅了魔法で篭絡してしまいました。
不本意そうな割には、溺愛がすごい。

2024年1月30日　初版発行

著　雨川透子
画　春が野かおる

発行者　山下直久
編集長　藤田明子
担当　藤田明子／吉田翔平

装丁　吉田健人（bank to LLC.）

編集　ホビー書籍編集部

発行　株式会社KADOKAWA
〒102-8177　東京都千代田区富士見2-13-3
電話:0570-002-301（ナビダイヤル）

印刷・製本　図書印刷株式会社

●お問い合わせ
https://www.kadokawa.co.jp/（「お問い合わせ」へお進みください）
※内容によっては、お答えできない場合があります。
※サポートは日本国内のみとさせていただきます。
※Japanese text only

ISBN 978-4-04-737715-8 C0093

そうすれば分刻みの予定で動かなくてもいいし
神殿関係者以外と話しても怒られない！
休憩どころか休日だって取れて
体が温まるまでお風呂にも浸かれるかも
神殿を追放されて自由の身になったのに——
元聖女
ひょっとして
眠る前にアイスクリームを食べるのだって許されるんじゃ…!?

いい子ですから
どうか離れて…
――嫌だ
まさかの手違いで魅了魔法に囚われた
お前は国をも滅ぼしかねない悪女なんだろう
冷酷王子さまが離してくれなくて――!?
溺愛中

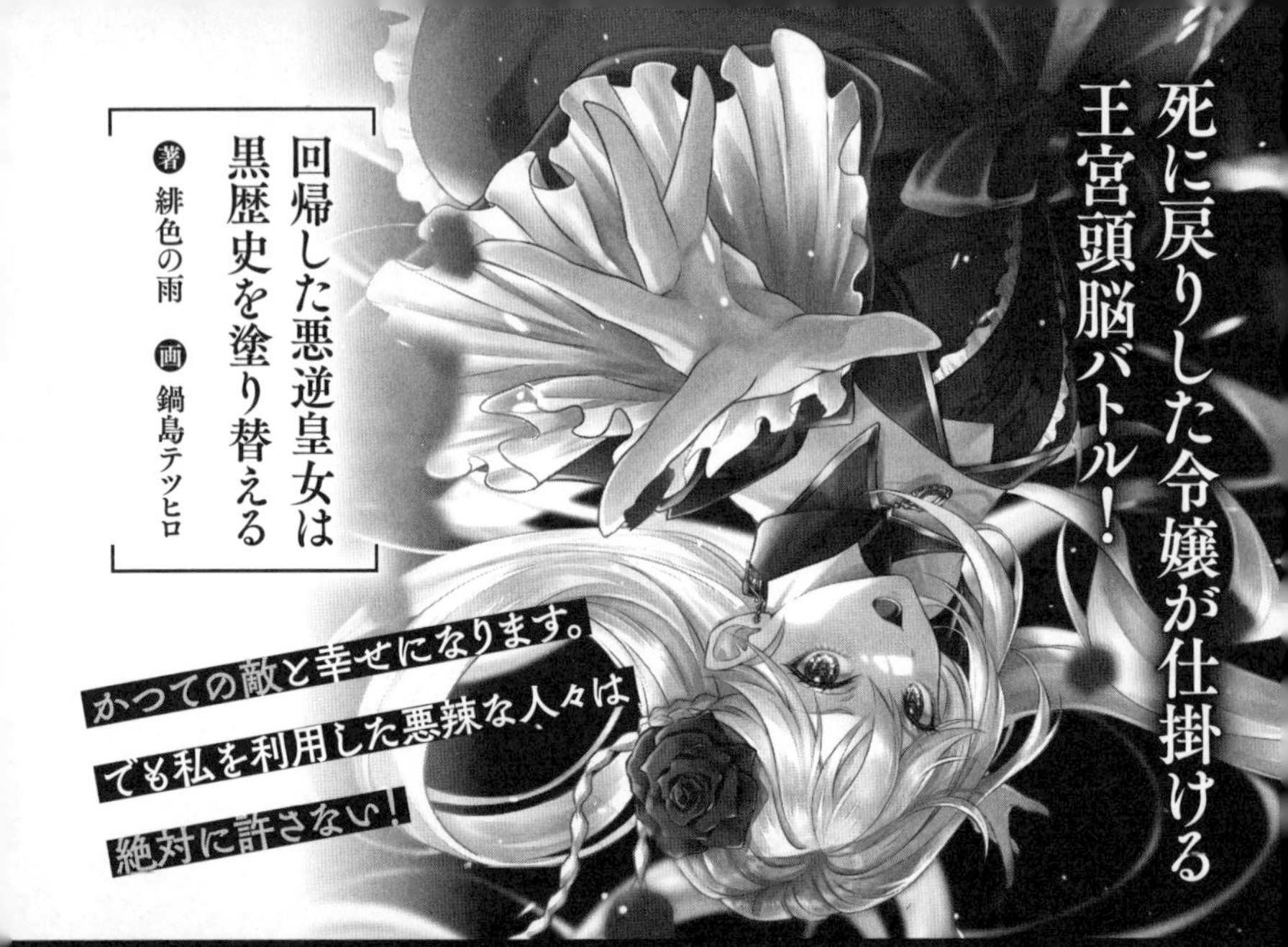
死に戻りした令嬢が仕掛ける
王宮頭脳バトル！
「回帰した悪逆皇女は黒歴史を塗り替える」
著 緋色の雨 画 鍋島テツヒロ
かつての敵と幸せになります。
でも私を利用した悪辣な人々は
絶対に許さない！

こちらもオススメ！

〝毒〟使いの元悪女×
やりなおし逆転劇！
「気弱令嬢に成り代わった元悪女」
著 白猫 画 八尋八尾
幽閉された屋敷から、
表舞台に返り咲く！